卜筮正宗卷之十二

古吳洞庭西山王維德洪緒註
壬午舉人弟　需遵時
吳　庠　鍾　英子燦　參訂
男其龍雲客
任用淵潛菴
門　人　謝朝柱巨材同較
蔡　鑑升明
男其章琢軒
後　學　李凡丁鼎升校註

出行

人非富貴，焉能坐享①榮華②；苟爲利名，寧③免奔馳道路？然或千里之迢遥④，夫豈一朝之跋涉⑤？途中休咎⑥，若箇⑦能知？就裏⑧灾祥⑨，神靈有準。父爲行李，帶刑則破損不中⑩；妻作盤纏⑪，生旺則豐盈⑫足用⑬。

出行以父母爲行李，旺相多，休囚少類。旺空，雖有而不多；帶刑害，破損舊物。妻財爲財物本錢類，旺相充滿⑭，休囚微少；若從兄弟化出，必是合本⑮，或是借來，非己之物也。

鼎升曰：

《卜筮全書．黃金策．出行》原解作：「出行以父爻爲行李，旺相多，休囚少，空亡無。旺空，雖有而不多；帶刑害，及被傷尅，破損舊物。父化兄，與人同睡；兄化父，與人合用。若就他人借行李，不宜財爻持世及動，必難假借；帶合，終可得之。妻財爲財物本錢類，旺相充滿，休囚微少，空亡無有。卦若無財，兄弟化出，必是合本，或是借來，非己之物。」

註釋：

①「坐享」，不出力，只享受。

②「榮華」，榮耀；顯貴。

③「寧」，豈；難道。

④「迢遙」，遙遠的樣子。

⑤「跋涉」，形容旅途的艱辛。「跋」，俗「跋」字。陸行。「涉」，同「涉」。水行。

⑥「休咎」，吉與凶；善與惡；福與禍。

⑦「若箇」，哪個；何處；什麼。「箇」，同「個」。
⑧「就裏」，內中；內情。
⑨「災祥」，吉凶災變的徵兆；禍福。
⑩「不中」，不行；差。
⑪「盤纏」，旅費；路費。古代出行，將旅費財物以布帛纏束，細繫腰際，故稱。
⑫「豐盈」，資財豐富。
⑬「足用」，財用富足；足夠應用。
⑭「充滿」，充實；充分具備。
⑮「合本」，合資；共同出資。

世如衰弱，那堪①水宿風餐②？

世爲自己，生旺則健，休囚則倦，所以不堪勞碌于風霜③中也。

註釋：

①「那堪」，哪能承受；哪能忍受；怎能經受。
②「水宿風餐」，水上住宿，臨風野餐。形容旅途生活艱苦。
③「風霜」，比喻艱辛。多指行旅而言。

應若空亡，難望謀成事就①。

應爻爲所往之處，最怕空亡，主地頭②寂寞③，謀事難成，不能得意而回。

鼎升曰：

《卜筮全書·黃金策·出行》原解作：「應爻爲所往之地。在震宮，城郭市鎮，熱鬧之地；坤宮，四野冷落所在；在艮宮，山上；坎宮，水鄉。餘倣此。最怕空亡，主地頭寂寞，謀事難成，必不得意而回。」

註釋：

①「謀成事就」，計劃實現，事情完成。

②「地頭」，目的地。

③「寂寞」，蕭條；冷清；客流少。

間爻安靜，往來一路平安。

間爻爲往來經歷所在，動則途中阻滯①；若得安靜，則往來平安無阻。臨財福動，途中謀望②，勝如地頭。

註釋：

①「阻滯」，受阻礙而滯留不前。

②「謀望」，謀求；希望。

太歲剋沖，行止①終年撓括②。

太歲發動，沖剋世爻，其人出外，終年不利；更加白虎凶煞，尤非吉兆也。

鼎升曰：

古今圖書集成本《卜筮全書．黃金策．出行》原條文作：「太歲尅衝，行止終年撓折。」

註釋：

①「行止」，前進和停止；往來的蹤跡；作爲；行爲。

②「撓括」，煩擾；煩躁。

世傷應位，不拘遠近總宜行；應剋世爻，無問公私皆不利。

世剋應，是我制他，所向通達①，去無阻節②。應剋世，所向閉塞③；更遇動爻日辰刑剋，更不吉利。

註釋：

①「通達」，交通通暢無阻。

②「阻節」，阻塞不通。

③「閉塞」，交通不便；偏僻。

八純亂動，到處①皆凶。

八純乃六冲之卦。六爻不和，又遇亂動，何吉之有？

鼎升曰：

《卜筮全書．黃金策．出行》原條文作：「八純亂動，在處皆凶。」

註釋：

①「到處」，處處、各處。

兩間齊空，獨行則吉。

間爻若空，主無阻滯。又爲伴侶。若二間皆值旬空，宜自獨行，庶①免同伴之累。

鼎升曰：

《卜筮全書．黃金策．出行》原解作：「間爻不宜空亡，主道路梗塞，行程必不快利。如金水空亡，水路不通；火土空亡，旱路不通；兩間俱空，多是半途而返。然間爻又是伴侶，若一身獨行，不挈伴侶，是爲應象，反主吉兆，止慮世剋應位耳。」

註釋：

①「庻」，也許；或許。

世動訂期，變鬼則自投羅網①；官臨畏縮②，化福則終脫樊籠③。

世爻不動，行期不定，動則期已訂矣。世應俱動，宜速行。若世動變出鬼爻，去後必遭禍患；或鬼持世，乃是逡巡④畏縮，欲行不行之象；鬼化子孫，雖有災患，不足畏也。

註釋：

①「自投羅網」，自己投到羅網裏去。比喻落入他人圈套或自取禍害。「投」，進入。「羅網」，捕捉魚鳥的器具。

②「畏縮」，畏怯退縮。

③「樊籠」，關鳥獸的籠子。比喻受束縛不自由的境地。

④「逡巡」，向後退；徘徊不前；心中有顧慮，走走停停的樣子。

靜遇日沖，必爲他人而去；動逢間合，定因同伴而留。

世爻安靜，遇日辰動爻暗冲者，他人浼①去，非爲自己謀也；日辰併起合起皆然。若世爻發動，遇日辰動爻合住者，是將行而有羈絆②，未能起程；間爻方是同伴羈留③。欲斷行期，須逢冲日。

鼎升曰：

《卜筮全書．黃金策．出行》原條文作：「靜遇日衝，必爲他人而去；動逢間合，又因同伴而留。」

註釋：

①「浼」，音měi【美】。同「浼」。請託，請求。

②「羈絆」，受牽制而不能脫身。「羈」，音jī【基】。繫綁、拘繫；拘束、牽絆；停留。

③「羈留」，滯留。

世若逢空，最利九流①出往。

世空去不成，强去終難得意，徒劳奔走。若九流藝術②及公門③等人，是空拳④問利，反吉。

註釋：

①「九流」，先秦至漢初的九大學術流派。包括儒家、道家、陰陽家、法家、名家、墨家、縱橫家、雜家、農家。泛指各學術流派。也泛指各種才藝。

②「藝術」，泛指禮、樂、射、御、書、數六藝以及術數方技等各種技術技能。

③「公門」，舊稱政府官署；古稱國君之外門。

④「空拳」，徒手；空手。

土如遇福，偏宜陸地行程。

卦中火土爻是陸路，水木爻是水路。若臨財福吉，兄鬼凶。

鬼地墓鄉，豈堪踐履①？財方父向，却可登臨②。

鬼地墓鄉，財方父向，如自占卜，皆以世位而言。官鬼之方，及鬼之墓方、世之墓方，并剋世之方，此等凶方，不可踐履。宜往財福之方，及生世之方，爲大吉也。

鼎升曰：

古今圖書集成本《卜筮全書·黃金策·出行》原條文作：「鬼地墓鄉，豈堪踐履？財方父向，恰可登臨。」古今圖書集成本《卜筮全書·

黃金策．出行》原解作：「鬼地者，世屬金，南方是也；墓鄉者，世屬火，西北方是也。他倣此。若往此方，必有灾咎。若求財利，要行財方，如世屬土，北方是也。求官見貴，要行父向，如世屬水，西方是也。餘亦倣此。凡鬼殺所臨之地，宜避之；財福所臨之地，宜往之。」

註釋：

①「踐履」，前往；經歷。

②「登臨」，登山臨水。也指遊覽。

官挈①玄爻刑剋，盜賊驚憂。

官鬼臨玄武，本是盜賊，若與世爻刑剋，不免盜賊之憂。

註釋：

①「挈」，音qiè【妾】。帶；領。

兄乘虎煞爻重，風波①險阻②。

兄加白虎及忌神動，或鬼在巽宮，動來剋世，皆有風波險阻。

註釋：

①「風波」，此處指風浪。

②「險阻」，地勢艱險阻塞，崎嶇難行；比喻遭受的困難挫折。

妻來剋世，莫貪無義之財；財合變官，勿戀有情之婦。

財動刑剋世爻，恐因財致禍。若世與財爻相合，而財爻變出鬼來刑剋者，故言「勿貪無義之財」，恐因色招殃；勿戀可免。

父遭風雨之淋漓，舟行尤忌。

父爲辛勤劳苦之神，動則跋涉程途，不能安利①。刑剋世爻，必遭風雨所阻。父爲舟，剋世，行舡②不利，故尤忌。

註釋：

①「安利」，安逸；安全與利益。

②「舡」，同「船」。

福遇和同①之伴侶，謁貴②反凶。

子孫持世最吉，主逢好侶，行路平安；若爲謁貴而出行，則爲不宜。子動謂之「傷官」，反不利矣。

註釋：

①「和同」，和睦同心。

②「謁貴」，拜見地位尊貴的人；拜見對自己有利、幫助自己或會爲自己帶來好運的人。

艮宮鬼坐寅爻，虎狼仔細。

艮爲山，寅属虎，若艮宮見寅鬼，是虎狼也。若不傷世，與我無害；倘或傷應，即噉①他人。

鼎升曰：

《卜筮全書・黃金策・出行》原解作：「官在震宮及艮宮，遇寅爻動，主有虎狼之患。若無炁，有制伏，或不傷世，或世在避空者，終不傷命，但有虛驚耳。」

註釋：

①「噉」，音dàn【但】。同「啖」。食，吃。

卦見兄逢蛇煞，光棍①宜防。

兄主刼財，若加螣蛇動，必有光棍刼掠財物。無制宜防，有制無妨。

鼎升曰：

古今圖書集成本《卜筮全書・黃金策・出行》原條文作：「震卦兄逢蛇殺，光棍宜防。」

註釋：

①「光棍」，此處指地痞、流氓等無賴之徒。

鬼動間中，不諧同侶①。

鬼在間爻動，若非伴侶不和，卽是伴中有病。剋世主自有悔。

鼎升曰：

古今圖書集成本《卜筮全書・黃金策・出行》原條文作：「鬼動間中，不諧同伴。」古今圖書集成本《卜筮全書・黃金策・出行》原解作：「官在間爻動，伴侶不和，或伴中有病。兄空不受剋制，則主自己有灾難，非伴中有事也。」

註釋：

①「同侶」，同伴。

兄興世上，多費盤纏。

兄弟爻主耗費貲財①。持世則自多虛費②；不臨世上動，自他人損耗我也。

註釋：

①「貲財」，錢財，財物。「貲」，通「資」。貨物，錢財。

②「虛費」，白白地消耗。「虛」，同「虛」。

一卦如無鬼煞，方得如心①。

官鬼主禍災，故不宜見之。卽如出現，或得安靜，或有制伏，總見無妨。

鼎升曰：

古今圖書集成本《卜筮全書．黃金策．出行》原解作：「官鬼凶神，出行不宜見之。在初爻，脚必痛；二爻，身有災；三爻，伴侶病；四爻，去後家有官事相擾；五爻，道路梗塞；六爻，地頭謀望不利。六爻無鬼，方爲大吉之兆也。」

註釋：

①「如心」，稱心，如意。

六爻不見福神，焉能稱意①？

子爲福德，又爲解神，若不上卦，或落空亡，不能制鬼，則鬼煞專權，恐有灾禍。

註釋：

①「稱意」，合乎心意。

主人動遇空亡，半途而返。

隔手來占，須看何人出行，如卜子姪，則看子孫。主人者，用神也。餘倣此。如動遇空亡，行至半途復回；動化退神亦然。

財氣旺臨月建，滿載而回①。

出行若得財爻旺臨月建，生合持世，不受刑剋，定主滿載歸家。

註釋：

①「滿載而回」，裝得滿滿地回來。形容收穫很大。

但能趨吉避凶，何慮登高涉險。

行人

人爲利名，忘却故鄉生處樂；家無音信，全憑周易卦中推。要決歸期，但尋主象。

主象者，用神也。卜官員看官爻，幼輩看子孫爻，妻奴看財爻，兄弟朋友看兄爻，尊長看父爻，不在六親之中者看應爻。

主象爻重身已動，用爻安靜未思歸。

主象，卽用爻也，動則行人已行。如用爻安靜，又無日辰動爻冲併者，安居異鄉，未起歸念。

鼎升曰：

古今圖書集成本《卜筮全書．黃金策．行人》原解作：「用爻卽主象，動則行人已行。看在何爻，便知人在何處：如在初二爻，方發足；在三四爻，將到門；在五爻，在中途；在六爻，還在地頭，歸期尚遠。用爻不動，日辰動爻又無衝併者，安居異鄉，未有歸念也。」

剋速生遲，我若制他難見面。

用動剋世，或世落空亡，人必速至；生合世爻，人必歸遲。最忌世爻動剋用爻，乃未能歸也。

三門四戶，用如合世卽還家。

三四爻爲門戶，臨用爻動，歸程已近；而用爻又無制伏，動來生合世爻者，可立而待也。

鼎升曰：《卜筮全書·黃金策·行人》原條文作：「三門四戶，應如合世卽還家。」

動化退神，人既來而復返。

用爻若化進神，行人急回，不日可望；化退神，行人雖來仍返，或又往他處。「既來而復返」者，總言不能歸也。

靜生世位，身未動而懷歸①。

六爻安靜，人不思歸。若用爻生合世爻，身雖未動，已起歸意。

註釋：

①「懷歸」，思歸故里。

若遇暗沖，睹物起傷情①之客況②。

用爻安靜，本無歸意，若遇日辰冲動，必然睹物思鄉，將欲回家。倘月建動爻剋之，亦難起程也。

鼎升曰：

古今圖書集成本《卜筮全書．黃金策．行人》原解作：「卦爻不動，本無歸意，若得日辰衝動應爻或用爻者，必然睹物思鄉，方欲起意回家。日辰雖衝，而月建動爻尅制者，總有客況，亦難起程也。」

註釋：

①「傷情」，傷懷；傷心；傷感。

②「客況」，客居的境況；旅居中的情思。

如逢合住，臨行有塵事①之羈身②。

用神發動，本是歸兆，若遇動爻日辰合之，因事絆住，不得歸來。須待月日冲之可到。遠斷年月，近斷日時。

鼎升曰：

古今圖書集成本《卜筮全書．黃金策．行人》原解作：「用爻發動，固是歸兆，若遇動爻日辰作合，謂之『合住』，其人雖欲回家，因事絆住，不得歸來也。如被父母合住，必因長上所留，或因文書阻滯。財爻合住，必因婦人迷戀，或因財物淹留。兄弟合住，多因朋友同伴口舌所阻。子孫合住，必因小口六畜僧道所阻。官鬼合住，帶吉，則貴人所留；加凶，是火盜官災絆住。」

註釋：

①「塵事」，世俗的事務。

②「羈身」，因故不能分身；困身，受困。

世剋用而俱動，轉往他方。

不宜世剋用爻。若安靜受剋者，原在舊處；若發動，人已起程；如被動世剋之，而用爻亦動者，則轉往他處。

鼎升曰：

《卜筮全書．黃金策．行人》原條文作：「世尅應而俱動，轉往他方。」

用比世而皆空，難歸故里。

世爻旬空者速至。如用爻亦值旬空，縱世空而不能來也，不可一概而言，故曰「用比世而皆空，難歸故里」。

鼎升曰：

《卜筮全書·黃金策·行人》原條文作：「應比世而皆空，難歸故里。」

遠行最怕用爻傷，尤嫌入墓。

凡卜遠行，若用神出現，不受傷剋，不值真空真破，主在外吉利，歸遲無妨；若逢墓絕，及日月動變刑剋，皆主不吉。

鼎升曰：

古今圖書集成本《卜筮全書·黃金策·行人》原解作：「遠出行人，若得用爻出現，不臨空亡，不受傷尅，卦有財福，便主在外吉利，雖歸遲無妨；在死墓絕空，或日月動變刑尅，皆主不利。若用爻無故自空，或變入死墓空絕，或忌爻乘旺帶殺發動，或卦無用爻，應又空者，皆當以死斷之。」

近出何妨主象伏，偏利逢沖。

近出，若用爻伏藏，必因事故①不歸，值日便到。如安靜，至沖動日到；如旬空安静，至出旬逢沖日到。

註釋：

①「事故」，事情；變故；藉口；事由。

若伏空鄉，須究卦中之六合。

用神若伏不空之飛爻下，須待沖飛之日可來；如伏空爻之下，得日辰動爻合之卽出。速則當日來，遲則值日到。

如藏官下，當絫飛上之六神。

用爻伏于官爻下，必爲凶事所羈：臨勾陳，蹼跌①損傷；臨螣蛇，勾連②驚恐；臨白虎，或官鬼属土，臥病不歸③；臨玄武，盜賊所阻，或貪色不歸。其餘下文引証④類推之。

註釋：

①「蹼跌」，跌跌撞撞；前傾跌落。

②「勾連」，勾結；連接；牽連。

③「帰」，同「歸」。

④「引証」，引用前人事例或著作爲證據。

兄弟遮藏，緣①是非②而不返。

用爻伏于兄弟下，必因賭博。加朱雀是口舌爭鬪，臨白虎爲風波所阻。

鼎升曰：

古今圖書集成本《卜筮全書·黃金策·行人》原解作：「用爻伏在兄爻下，必有是非口舌爭鬬事不歸。加朱雀爲賭博，化官鬼爲失財，臨白虎爲風波。」

註釋：

①「緣」，因爲。

②「是非」，糾紛；口舌；錯事。

子孫把持，由①樂酒以忘歸。

用爻伏于子孫下，必爲遊樂飲酒，不然因僧道，或六畜，或子孫幼輩之阻，不得歸也。

鼎升曰：《卜筮全書．黃金策．行人》原條文作：「子孫把住，由樂酒以忘歸。」

註釋：

①「由」，原由；緣故。

父爲文書之阻滯。

用爻伏于父爻下，必爲文書阻節，或因尊長、手藝人拘留①。

鼎升曰：

古今圖書集成本《卜筮全書．黃金策．行人》原解作：「用爻伏於父爻下，必爲文書阻滯，或爲手藝不歸，不然則是尊長所留。卦無父母，或落空亡，必無路引；動化空，路引已失；父化父，兩人合一引。」

註釋：

①「拘留」，扣留；拘禁；阻止；停留；不使離開。

財因買賣之牽連。

用爻伏于旺財下，必爲經營買賣，得利忘家。財若空亡，或遇兄動，多因折本[1]；若加咸池[2]，定然戀色而忘歸。

註釋：

①「折本」，賠本，虧本。

②「咸池」，又稱「桃花」。凶神。古今圖書集成本《卜筮全書·神殺歌例·咸池殺》：「占婚大忌，主婦人淫亂。寅午戌兔從茆裏出，巳酉丑躍馬南方走，申子辰鷄叫亂人倫，亥卯未鼠子當頭忌。」

用伏應財之下，身贅[1]他家。

用爻伏于應位陰財之下，必贅他家。若臨陽象生合世身，必代他人掌財[2]不返。

鼎升曰：

《卜筮全書·黃金策·行人》原解作：「用爻伏于應上妻財之下，必然身贅他家，不思歸也。財動生合世爻，挈婦歸家。財爻若與伏神不相生合，乃是與人掌財，或是倚靠他家，非婚壻也。」

註釋：

①「贅」，音zhuì【墜】。男子到女家成婚，並且成爲女方家庭成員。

②「掌財」，掌握管理錢財；掌櫃。

主投財庫之中，名留富室①。

用爻伏于財庫下，其人必在富家掌財。伏神如遇墓絶，則是依傍度日耳。

註釋：

①「富室」，富家；錢財多的人家。

五爻有鬼，皆因途路之不通。

用爻伏于五爻官鬼之下，必因関津①不通而阻也。

鼎升曰：

《卜筮全書．黃金策．行人》原解作：「鬼在五爻動，必是途路梗塞不通，故不歸也；五爻若遇忌殺發動，亦然。五爻空亡，亦是道路不通之象也。」

註釋：

①「関津」，此處指水陸要道的關卡。

一卦無財，只爲盤纏之缺乏。

卦中動變日月皆無財爻者，爲無路費不歸。

墓持墓動，必然臥病呻吟。

用爻入墓化墓，或持鬼墓，或伏于鬼墓爻下者，皆主病臥不回。若伏官爻下，或臨白虎，必在獄中，非病也。

鼎升曰：

古今圖書集成本《卜筮全書·黄金策·行人》原解作：「用爻入墓化墓，或持鬼墓，或卦有鬼墓爻動，或用伏於鬼墓爻下，皆主病臥他家，故不回也；若伏官爻下，亦然。帶朱雀，或化文書，必在獄中，非病也。」

世合世冲，須用遣人尋覔。

用爻安靜，而世動衝起之、合起之；用爻伏藏，世去提起；若用爻入墓，世去破墓：皆宜自去尋覔方回。

合逢玄武，昏迷酒色①不思鄉。

或用臨玄武，動而遇財爻合住；或用伏玄武財下：皆主貪花戀色②，不思鄉也。待冲破合爻，庶可歸來。若用伏玄武鬼下，而財爻不相合者，其人在外爲賊不歸也。

鼎升曰：

闡易齋本與談易齋本《卜筮全書．黃金策．行人》原條文作：「合逢玄武，昏迷美色不思鄉。」古今圖書集成本《卜筮全書．黃金策．行人》原條文作：「合逢元武，昏迷美色不思鄉。」古今圖書集成本《卜筮全書．黃金策．行人》原解作：「六合卦，元武財動；或用臨元武，動而遇財爻合住；或用伏元武財下；或卦有三合財局，而元武亦動其中者：皆主行人在外貪花戀色，不思故鄉也。若得動爻日辰衝破尅破合爻，庶有歸日。若用臨元武化鬼，或伏元武鬼下，而財爻不相合者，其人在外必爲盜賊，不然亦被盜攀害，故不歸也。」

註釋：

①「酒色」，酒和女色。亦泛指放縱不檢的生活。

②「貪花戀色」，貪好迷戀女色。

卦得遊魂，漂泊他鄉無定跡。

遊魂卦，用爻發動，行人東奔西走，不在一方；遊魂化遊魂，行跡不定；遊魂化歸魂，遊偏①方歸。

鼎升曰：

古今圖書集成本《卜筮全書·黃金策·行人》原條文作：「卦得游魂，漂泊他方無定跡。」

註釋：

①「偏」，同「遍」。

日併忌興休望到，身臨用發必然歸。

忌神臨身世或日辰，剋用，皆主不歸；若得用臨身世，出現發動，或持世動，立可望歸。

父動卦中，當有魚書①之寄。

凡占書信，卦有父母爻動，主有音信②寄來。

鼎升曰：

《卜筮全書·黃金策·行人》原解作：「凡占行人，卦有父動，必有音信寄來。生世合世，持世剋世，皆主來速；世生世剋，則來遲。

化出喜爻，或化福爻，是喜信；或化忌爻，或化官爻，是凶信。動空化空，是虛信；加螣蛇化兄，亦恐未的。父化父，兩次信來。若逢合住，音信被人沉匿；或帶書人有事，稽延在途，未能到也。若逢衝散，書信已失。重爻則已報過。」

註釋：

①「魚書」，書信。典出古樂府《飲馬長城窟行》：「客從遠方來，遺我雙鯉魚；呼兒烹鯉魚，中有尺素書。」

②「音信」，信息；書信；消息。

財興世上，應無雁信①之來。

獨占書信，以父母爻爲用神。若世持財動，則剋父矣，故「無雁信之來」也。

鼎升曰：

古今圖書集成本《卜筮全書·黃金策·行人》原解作：「凡占望信，遇父爻衰靜，或空或伏，或有財動，或財爻旺臨身世，皆主無信。卦有動爻，化出父母生合世爻，即是其人傳信來也，如兄化出，朋友寄來類。」

註釋：

①「雁信」，書信。也指傳遞書信者。

欲決歸期之遠近，須詳主象之興衰。

斷歸期，全在合待沖、沖待合、空待出旬、破待補合、絶待逢生、墓待沖開等法，當以如是推詳①。要知遠近，兼決于旺衰可也。

鼎升曰：

古今圖書集成本《卜筮全書．黃金策．行人》原解作：「用爻旺相，歸必速；休囚，歸必遲。生旺，墓日歸；休囚死絕，生旺日歸。安靜，衝動日歸；發動，卽以本爻定其月日。或入墓，或合住，以破墓破合日定之。靜而有衝者，以六合日斷之；動而尅制者，以三合日斷之。代占，以應爻論之。遠以年月斷，近以日時推。獨發之爻，亦可推之，如子爻動，卽取子日爲歸期。」

註釋：

①「推詳」，推究詳察。

動處靜中，含蓄①許多凶吉象；天涯海角②，羈留多少利名人。

註釋：

①「含蓄」，藏於內而不表露於外；詞意未盡，耐人尋味。

②「天涯海角」，形容極遠的地方，或相隔極遠。

舟船

凡卜買船，斷同船戶①。

凡卜買船與僱船，斷法相同。如舟子②自卜，當以《船家宅》③斷之，又非此斷法也。

鼎升曰：

《卜筮全書·黃金策·舟船》原解作：「凡卜買船吉凶，與船戶人占一同推斷。若船戶自來占卜，要同家宅斷之爲是。」

註釋：

①「船戶」，以行船爲業的人；以舟船爲居所的水上人家。

②「舟子」，船夫。

③「《船家宅》」，本卷後《船家宅章》。

六親持世，可推新舊之由。

凡推船之新舊，當以六親持世決之。財福是新，父母是舊，兄弟是半新舊，官鬼多災驚。兼以衰旺決之。

諸鬼動臨，可識節病[1]之處。

金鬼釘少，土鬼灰少，木鬼有縫，水鬼有漏，火鬼有燥裂。

註釋：

①「節病」，缺點；漏洞。

初二爻爲前倉[1]，要持財福；五六爻爲後舵[2]，怕見官兄。

初二爻爲前倉，三四爻爲中倉，五六爻爲後舵。

註釋：

①「倉」，此處指船內部可容納客貨的地方。

②「舵」，此處指船上用來控制方向的裝置。

父作梢公[1]，不宜傷剋。

卜船以父母爲舟船，卜駕掌[2]以父母爲梢公。要旺相生合世爻爲吉，如發動傷剋世爻爲凶。

註釋：

①「梢公」，船尾掌舵的人。也泛指掌船的人。

②「駕掌」，此處指開船、掌舵。

龍爲船尾，豈可空刑？

青龍爲船尾，臨財福旺動，持世生合世，皆主利益稱意。

螣蛇辨索纜①之堅牢。

螣蛇爲索纜，休囚値旬空則枯爛，旺相持吉神則堅牢。

註釋：

①「索纜」，繫船、引船的繩索。

白虎爲帆檣①之順利。

白虎屬風，故取爲風帆。若生旺帶財福吉神，動持生合世身，則船有好帆，使風順快；若白虎帶凶鬼惡煞，旺動剋害世身，或卦得反吟，主遭失風②傾覆之患。

鼎升曰：

《卜筮全書．黃金策．舟船》原解作：「白虎屬風，故取爲風帆：若生旺帶財福吉神，動持生合世身，則船有好帆，使風順快；若白虎帶凶鬼惡殺，旺動尅害世身，大不利，主遭失風傾覆之患。勾陳爲鐵猫：休囚空亡，船無鐵猫；帶鬼尅世，鐵猫爲怪；化空絕有失。」

註釋：

①「帆檣」，掛帆的桅竿；借指帆船。

②「失風」，行船遇狂風失事。

六爻皆吉不傷身，四海遨遊①無阻滯。

六爻生合財福吉神，又生旺持世持身，動爻又不來傷剋，則無往不吉②，雖遠遊于四海五湖③，亦皆順利也。

註釋：

①「遨遊」，逍遙自在的嬉戲遊玩。

②「無往不吉」，所到之處，沒有不順利的。指處處行得通，辦得好。

③「四海五湖」，泛稱各地。

娼家①

註釋：

①「娼家」，以歌舞爲業的人家。後指妓院；妓女。

養身①于花柳之家②，曰娼曰妓；識禍福于幾微③之際，惟蓍惟龜④。花街⑤托迹⑥，柳巷⑦安身⑧，門外紛紛⑨總是風流子弟⑩，窓⑪前濟濟⑫無非歌舞佳人⑬。若要安寧，必得世無衝剋；欲求稱意，還須應去生扶。

凡娼家卜住居家宅生意類，皆以世爲主娼之人⑭，應爲宿娼之客⑮。若月建日辰動爻，俱不刑冲剋世，必主家宅吉利，人口安寧；更遇應來生合，十全⑯之好，凡事遂意⑰。

鼎升曰：

古今圖書集成本《卜筮全書．黃金策．娼家》原條文作：「養身家于花柳之中，曰娼與妓；識禍福于幾微之際，惟蓍與龜。花街托跡，柳巷安身，門外紛紛總是風流子弟，窗前濟濟無非歌舞佳人。若要安寧，必得世無衝剋；欲求稱意，還須應去生扶。」

註釋：

①「養身」，此處指維持生活。

②「花柳之家」，指娼家。

③「幾微」，預兆；隱約未動卻很重要的地方；細微、一點點。

④「惟蓍惟龜」，只有依靠蓍草和龜甲。蓍草與龜甲用來占卜凶吉，因以指占卜。

⑤「花街」，泛稱妓院聚集的地方。

⑥「托迹」，寄身；棲身；暫居。

⑦「柳巷」，指妓院。

⑧「安身」，存身，容身；容身之地。

⑨「紛紛」，多而雜亂；接連不斷。

⑩「風流子弟」，處處留情、貪戀女色、尋花問柳的男子。

⑪「窓」，同「窗」。

⑫「濟濟」，形容人多，陣容盛大。

⑬「歌舞佳人」，此處指妓院中能歌善舞的女子。

⑭「主娼之人」，開設妓院的人。

⑮「宿娼之客」，與妓女結交或有淫蕩行爲的男子。

⑯「十全」，比喻完美無缺憾。

⑰「遂意」，稱心如意。

卦見六冲，往來亦徒①迎迓②。

冲者，散也。如得六冲卦，或合處逢冲，不但往來之客無惠③，更防驅逐不安。

鼎升曰：

古今圖書集成本《卜筮全書．黃金策．娼家》原解作：「六衝卦，來往人多，但主空來空往；更若兄動，恐有無籍棍徒攪擾。若遇六衝，而世應爻空，或財爻發動，必主住居不久，或不安。」

註釋：

①「徒」，徒然，白白地。

②「迎迓」，迎接。「迓」，音yà【訝】。迎接。

③「惠」，恩惠；好處。

爻當六合，晨昏幸爾盤桓①。

得六合卦最吉。蓋②合則情分相投③，必主人多顧戀④，內外和同，家門雍睦⑤。

鼎升曰：

古今圖書集成本《卜筮全書．黃金策．娼家》原解作：「娼家得六合卦最吉。葢合則情分相投，必主人多顧戀，內外和同，家門雍睦；得三合、六合太過者，尤利。常人占宅反忌之，必主家中淫亂，娼家則以此爲主，所以斷法不同也。」

註釋：

①「盤桓」，逗留。「桓」，音huán【環】。

②「葢」，同「蓋」。

③「相投」，雙方合得來。

④「顧戀」，眷戀不捨。

⑤「雍睦」，和睦、和好。

財若空亡，錢樹子①慎防傾倒。

財爲娼妓，若值真空，或衰絶受剋，主妓女喪亡。財若重叠，妓女必多。旺相則顏色美麗②，衰弱則容貌不妍③，刑則有病。日月動爻無生無合，主人不眷戀。

註釋：

①「錢樹子」，妓女。因妓院或鴇母把妓女當作搖錢樹，可憑恃妓女賺錢而得名。參卷之五《身命》章中「合多而眾煞爭持，乃許子和之錢樹」條文。

②「麗」，同「麗」。

③「姸」，豔麗、美好。音yán【言】。

官如墓絕，探花郎①那得棲遲②。

官爲宿客之主，若動來生合世爻，必多商客③下顧④；更得日辰生扶，必有貴人⑤招接⑥。惟不宜空亡墓絕。

註釋：

①「探花郎」，唐代進士及第者初宴於杏園，選年紀最小者爲探花使，到宋代則稱爲「探花郎」。因常以「探花」喻採花，而花娘、花姑、花魁等常指妓女，故此處探花郎指狎玩娼妓的人。

②「棲遲」，滯留。

③「商客」，來往各地買賣貨物的商人。此處指與妓女結交或有淫蕩行爲的男子。

④「下顧」，屈尊以相訪。稱客人來訪的謙詞。

⑤「貴人」，地位尊貴的人，有時也用作對人客氣的稱呼；對自己有利、幫助自己或

會爲自己帶來好運的人。

⑥「招接」，招呼接納。

妻財官鬼二者，不可相無。

無財主無出色之女；無官主無貴客招接，錢財破耗。若財官俱無，或一空一伏，是時運不濟①也。

註釋：

①「時運不濟」，時機和命運不佳。

財鬼父兄子孫，皆宜不動。

常人占宅，宜子孫動，惟妓家動則傷官。若鬼動，子孫亦宜動也。最喜六親安靜，故曰「皆不宜動」也。

鼎升曰：

古今圖書集成本《卜筮全書．黃金策．娼家》原解作：「住居得安靜卦，必然人口平安，門庭清吉；若見交重，定多駁雜。蓋六親中惟子孫爲吉，常人占雖喜發動，而娼家又非所宜，以其尅制宿客故也。但得五類俱全，六爻不動，財鬼有炁，世身有助，便是上吉之卦。」

鬼煞傷身，火盜官災多恐怖。

鬼爻生合世爻，是宿客顧戀之象，雖動亦吉；若沖剋刑害，則是鬼煞爲禍，重則官災火盜，輕則是非口舌。

日辰沖父，住居屋宅有更張①。

父母爲住居屋宅，或被日辰沖剋，或父母化出財爻，當有更變，必住不久。

註釋：

①「更張」，更改、變革。

兄弟交重，罄囊①用度②。

兄動主生涯③冷淡④，破耗多端；更有生扶，則罄貲用度無了日⑤也。

註釋：

①「罄囊」，竭盡囊中所有。

②「用度」，支出的費用。

③「生涯」，生意。

④「冷淡」，不熱鬧，不興盛。

⑤「了日」，完畢的時候。

子孫藏伏，蹙額①追陪②。

子孫爲福德喜悅之神，娼家雖不宜動，然不可空伏，主家宅不安，住居不穩，生涯不旺。

註釋：

①「蹙額」，皺著眉頭。「蹙」，音cù【醋】。皺；愁苦的樣子。

②「追陪」，追隨；伴隨。

財化福爻，家出從良①之妓。

不宜財動，動則妓女走失；若逢冲剋或空動，皆然。化子合應，妓有從良之志；化子生世，可稱「錢樹子」也。

鼎升曰：

古今圖書集成本《卜筮全書·黃金策·娼家》原解作：「財不宜動，動則妓女走失。若化父，妓必精曉彈唱，善能迎接。化兄，不善奉侍，禮貌粗俗，言語多詐，彈唱亦低。化鬼，須防妓女不測災禍。化財，謂『用化用』，恐有逃亡走閃之事；若逢衝尅，或臨空動，皆然。化子，有從良之志，雖在風塵，亦是強爲也；卦無財，而本宮財伏子下，或從子化出者，亦然。」

註釋：

①「從良」，娼妓脫離原來的生活而嫁人。

官居刑地，門招惡病①之人。

鬼帶刑爻生合世身，多招惡疾之人來往。與世生合，與財刑冲，須防妓亦沾染。

註釋：

①「惡病」，令人厭惡的、難以醫治的疾病。

忌動衰空，閑是閑非①閑撓舌②。

剋世之神發動，衰空有制者，不過閑是閑非而已。無制不吉。

鼎升曰：

古今圖書集成本《卜筮全書．黃金策．娼家》原條文作：「忌動衰空，閑是閑非閑撓括。」

註釋：

①「閑是閑非」，無關緊要的是非、議論。

②「撓舌」，嘮叨；多嘴。

財興剋世，有財有利有驚憂。

凡財爻旺相，不宜動來傷剋世爻，蓋財乃生禍之端，必然因財致禍。

鼎升曰：

《卜筮全書・黃金策・娼家》原條文作：「財興尅世，有財有利有驚疑。」

能將玄理以推詳，眞乃黃金而不易。

鼎升曰：

古今圖書集成本《卜筮全書・黃金策・娼家》原條文作：「能將元理以精詳，眞乃黃金而不易。」

船家宅章

既明住宅之根因，再看船居之奧妙。

青龍父母，祖代居船；白虎妻財，初當船戸。

要識平居①安穩，須觀福德青龍。

鼎升曰：

《卜筮全書·闡幽精要·船家宅》原條文作：「要識安居平穩，須觀福德青龍。」

初是船頭，必須子孫興旺；六爲後舵，定宜福德交重。

父母刑冲，必主風狂浪急；妻財剋陷，定然惹是招非。

若逢兄弟交重，怪木必須重換；但遇鬼爻臨用，魘倒②急宜祈祥③。

鼎升曰：

《卜筮全書·闡幽精要·船家宅》原條文作：「若逢兄弟交重，怪木必須重換；但遇鬼爻臨用，魘禱急宜祈祥。」

二爲獵木，須要堅方。

若遇螣蛇，必生怪異；但逢朱雀，口舌灾殃。

鼎升曰：

《卜筮全書・闡幽精要・船家宅》原條文作：「若遇螣蛇，多生怪異；但逢朱雀，口舌災殃。」

青龍利益加添，白虎損人招禍，玄武憂疑盜賊，勾陳耗散貲財。
三爲倉口，怕逢刑冲剋害；四爲桅杆，喜遇拱合生扶。

鼎升曰：

古今圖書集成本《卜筮全書・闡幽精要・船家宅》原條文作：「三爲倉口，怕逢刑衝尅害；四是桅杆，喜遇拱合生扶。」

五爲毛纜④，六爲櫓篷。
若得相生，行船必定致富；如逢冲剋，船居多主災殃。
世爻發動，宜棄舊而從新；應位興隆，宜世居而廸吉⑤。
世臨玄武，盜賊相侵；持世勾陳，翻船損舵。
白虎防墮水不虞，青龍主臨危有救。
螣蛇爻動，主暴病⑥之憂；朱雀爻興，有斷桅之禍。
初位逢空，船頭破損；二爻遇鬼，繩纜損傷。
三爻最忌刑冲，倉內平基⑦作祟；四位怕逢凶煞，破篷發漏⑧須防。
五爲毛纜，逢空必有憂疑；六是舵門，遇煞定當修換。

鼎升曰：

《卜筮全書·闡幽精要·船家宅》原條文作：「五爲毛纜，逢空必有驚疑；六是舵門，遇殺定當修換。」

若能依此而推，船居必無他事。

註釋：

①「平居」，平日；時常；平時，向來；安居無事。

②「魘倒」，吳語指用法術、巫術等達到目的（如祈求幸運或讓人倒霉），也指這時使用的工具、材料。

③「祈祥」，烹羊以祭。古代祭山的一種祭儀。

④「毛纜」，疑爲「錨纜」。連接錨與船的粗繩或鐵索。

⑤「廸吉」，語出《尚書·大禹謨》：「惠迪吉，從逆凶。」後因以表示吉祥安好。「廸」，同「迪」。

⑥「瀑病」，突然發病。亦指突然發作、來勢很凶的病。

⑦「平基」，吳語指蓋在船艙面上的長條木板，以供人行走。也稱平基板。

⑧「發漏」，吳語指船隻出現漏水事故。

何知章

何知人家父母疾，白虎臨爻兼刑剋。
何知人家父母殃，財爻發動煞神傷。
何知人家有子孫，青龍福德爻中輪。
何知人家無子孫，六爻不見福神臨。
何知人家子孫疾，父母爻動來相剋。
何知人家子孫灾，白虎當臨福德來。
何知人家小兒死，子孫空亡加白虎。
何知人家兄弟亡，用落空亡白虎傷。
何知人家妻有灾，虎臨兄弟動傷財。
何知人家妻有孕，青龍財臨天喜神。
何知人家有妻妾，內外兩財旺相決。
何知人家損妻房，財爻帶鬼落空亡。
何知人家訟事休，空亡官鬼又休囚。
何知人家訟事多，雀虎持世鬼來扶。
何知人家旺六丁，六親有氣吉神臨。

鼎升曰：

《卜筮全書．闡幽精要．何知章》原條文作：「何知人家旺六丁，六親有氣喜神臨。」

何知人家進人口，青龍得位臨財守。
何知人家大豪富，財爻旺相又居庫。
何知人家田地增，勾陳入土子孫臨。

鼎升曰：

《卜筮全書．闡幽精要．何知章》原條文作：「何知人家田地增，勾陳入土天喜臨。」

何知人家進產業，青龍臨財旺相說。
何知人家進外財，外卦龍臨財福來。

鼎升曰：

《卜筮全書．闡幽精要．何知章》原條文作：「何知人家進外財，外卦龍臨福德來。」

何知人家喜事臨，青龍福德在門庭。
何知人家富貴昌，強財旺福青龍上。

鼎升曰：

《卜筮全書·闡幽精要·何知章》原條文作：「何知人家富貴昌，佛像子孫青龍上。」

何知人家多貧賤，財爻帶耗休囚見。
何知人家無依倚，卦中福德落空死。
何知人家竈破損，玄武帶鬼二爻悃①。
何知人家鍋破漏，玄武入水鬼來就。
何知人家屋宇新，父入青龍旺相真。
何知人家屋宇敗，父入白虎休囚壞。
何知人家墓有風，白虎空亡巽巳攻。
何知人家墓有水，白虎空亡臨亥子。
何知人家無香火，卦中六爻不見火。
何知人家無風水，卦中六爻不見水。
何知人家兩爨②戶，卦中必主兩重火。
何知人家不供佛，金鬼爻落空亡決。
何知二姓共屋居，兩鬼旺相卦中推。
何知一家有兩姓，兩重父母卦中臨。
何知人家雞亂啼，螣蛇入酉不須疑。

何知人家犬亂吠，螣蛇入戌又逢鬼。
何知人家見口舌，朱雀持世鬼來掇③。
何知人家口舌到，卦中朱雀帶木笑。
何知人家多爭競，朱雀兄弟推世應。

鼎升曰：

古今圖書集成本《卜筮全書·闡幽精要·何知章》原條文作：「何知人家多爭競，朱雀兄弟持世應。」闡易齋本與談易齋本《卜筮全書·闡幽精要·何知章》原條文作：「何知人家多爭兢，朱雀兄弟持世應。」「兢」，音jīng【驚】。小心謹慎；戰慄；恐懼。

何知人家小人生，玄武官鬼動臨身。
何知人家遭賊徒，玄武臨財鬼旺扶。
何知人家災禍至，鬼臨應爻來剋世。

鼎升曰：

古今圖書集成本《卜筮全書·闡幽精要·何知章》原條文作：「何知人家灾禍生，鬼臨應爻來尅世。」闡易齋本與談易齋本《卜筮全書·闡幽精要·何知章》原條文作：「何知人家災禍主，鬼臨應爻來剋世。」

何知人家痘疹④病，螣蛇爻被火燒定。

何知人家病要死，用神無救又入墓。

鼎升曰：

古今圖書集成本《卜筮全書．闡幽精要．何知章》原條文作：「何知人家病要死，身命世鬼入墓推。」

何知人家多夢寐，螣蛇帶鬼來持世。

何知人家出鬼怪，螣蛇白虎臨門在。

何知人家人投水，玄武入水煞臨鬼。

何知人家有弔頸⑤，螣蛇木鬼世爻臨。

何知人家孝服來，交重白虎臨鬼排。

鼎升曰：

古今圖書集成本《卜筮全書．闡幽精要．何知章》原條文作：「何知人家孝服來，喪門弔客臨鬼排。」

何知人家見失脫，玄武帶鬼應爻發。

何知人家失衣裳，勾陳玄武入財鄉。

何知人家損六畜，白虎帶鬼臨所屬。

何知人家失了牛，五爻丑鬼落空愁。

何知人家失了雞，初爻帶鬼玄武欺。
何知人家無牛猪，丑亥空亡兩位虛。
何知人家無雞犬，酉戌二爻空亡捲。
何知人家人不來，世應俱落空亡排。
何知人家宅不寧，六爻俱動亂紛紛。
仙人造出何知章，留與後人作飯囊。
禍福吉凶真有驗，時師⑥句句細推詳。

鼎升曰：

古今圖書集成本《卜筮全書．闡幽精要．何知章》後有如下文字：「何知是奧妙，奧妙生尅料。若是吉和凶，六神甲子條。一宮分八卦，一卦六爻挑。世爲內住塲，應作賓對曜。木住東方地，火向南方位。水向北方流，金向西方叙。世前有官爻，案前神廟居。世爻水帶鬼，有鬼水中淚。金木水火土，父兄子財鬼。六神兼六親，禍福日辰取。仔細逐爻詳，其中奧無比。」

註釋：

①「悃」，音kǔn【捆】。誠懇，至誠。疑爲「捆」之誤，以其音近、形近而誤。

②「爨」，音cuàn【篡】。燒火做飯；竈。

③「掇」，duō【多】。拾取；摘取；用雙手拿；用手端；捉；黏；粘。
④「痘疹」，痘瘡；天花；因患天花出現的皰疹。參卷之十一《新增痘疹》章。
⑤「弔頸」，以繩索或布條縛頸自殺。「弔」，同「吊」。
⑥「時師」，當代的儒者。此處指當代的占卜師。

妖孽賦

鼎升曰：古今圖書集成本《卜筮全書・闡幽精要・妖孽賦》篇名後有如下文字：「知之者罕，用之者難。傳入其門，百發百中。卦卦有怪，若非神授，莫窺其奧。學者細詳。」

乾蛇鬼，巳沖刑，蓬頭赤脚①夜驚②人，化猪化馬作妖精。多拮括③，宅不寧，匿釵賴④鏡損人丁⑤。

鼎升曰：古今圖書集成本《卜筮全書・闡幽精要・妖孽賦》原條文作：「乾蛇鬼，巳衝刑，蓬頭赤脚夜驚人，化猪化馬作妖精。多拮括，宅不寧，逆釵賴鏡損人丁。」

坎蛇鬼，午來冲，沒頭沒尾成何用。黑⑥而矮，又無踪，拖漿弄水⑦空聲閧⑧。

艮蛇鬼，若遇申，妖聲似犬夜嘊嘊⑨。空中常拍手，家鬼弄家人。狗作怪，家業傾，拋磚弄瓦何曾定。

鼎升曰：

古今圖書集成本《卜筮全書．闡幽精要．妖孽賦》原條文作：「艮蛇鬼，若遇申，妖聲似犬夜狺狺。空中常拍手，家鬼弄家人。狗作怪，家業傾，拋磚弄瓦何曾定。」「狺」，音yín【銀】。犬叫的聲音；犬爭鬥的聲音。

震蛇鬼，酉冲刑，空中椅桌動聞聲，踢踏⑩响，似人行。大蛇常出現，窑器⑪响驚人，桶箱作孽人丁病。

鼎升曰：

古今圖書集成本《卜筮全書．闡幽精要．妖孽賦》原條文作：「震蛇鬼，酉衝刑，空中椅桌動聞聲，踢踏嚮，似人行。大蛇常出現，窑器嚮驚人，箭箱作孽人丁病。」

巽蛇鬼，亥又冲，雞聲報煬火⑫，鬼怪起狂風。縊死⑬之鬼擾虛空⑭，牀下响，及房中。

離蛇鬼，子來刑，鍋釜⑮作妖聲，空中忽見火光焰。紅衣者，是何人，年深黿鼈已成精。

鼎升曰：

古今圖書集成本《卜筮全書．闡幽精要．妖孽賦》原條文作：「離蛇鬼，子來刑，鍋釜作妖聲，空中忽見火光焰。紅衣者，是何人，年深黿鼈以成精。」

坤蛇鬼，沖遇寅，鍋竈上，作妖精，似牛嘆氣似亡人。虛黃⑯大肚鬼，出現不安寧。

鼎升曰：

古今圖書集成本《卜筮全書．闡幽精要．妖孽賦》原條文作：「坤蛇鬼，衝遇寅，鍋竈上，作妖精，似牛嘆氣是亡人。虛黃大肚鬼，出現不安寧。」

兌蛇鬼，受卯刑，空中歎氣重而輕。羊出現，𪡏嘴瓶⑰，骨殖⑱若暴露，刀石更成精，移南換北幼亡魂。

鼎升曰：

古今圖書集成本《卜筮全書．闡幽精要．妖孽賦》原條文作：「兌蛇鬼，受卯刑，空中嘆氣重而輕。羊出現，𪡏嘴瓶，骨殖苦暴露，刀石更成精，移南換北幼亡魂。」

註釋：

①「蓬頭赤脚」，頭髮蓬亂，光著腳丫。形容未經修飾很不整齊的樣子。

②「夜驚」，在睡眠中突然尖叫、哭喊，意識呈朦朧狀態，發作後不久又復入睡，隔天則不知何事。常見於兒童。

③「拮括」，勞苦；困頓；窘迫。「拮」，音jié【劫】。逼迫；困頓；窘迫。「括」，結扎，捆束；約束；阻滯；閉塞。

④「賴」，騙取；抵賴；不認賬。

⑤「人丁」，能服役的成年男子；家丁、男僕；人口，家口。

⑥「黒」，同「黑」。

⑦「拖漿弄水」，形容在泥濘道路中行走的樣子。

⑧「閧」，音hòng【訌】。同「哄」。喧鬧。

⑨「哩」，音xīng【星】。義未詳。此處當爲象聲詞，形容狗叫或狗爭鬥的聲音。

⑩「踼踏」，象聲詞，形容腳步聲。

⑪「窑器」，陶瓷器；陶器。

⑫「煬火」，烈火。「煬」，音yáng【羊】。鎔化金屬；烘烤；就火取暖。

⑬「縊死」，以繩索繞緊脖子而死。「縊」，音yì【益】。勒頸而死；上吊。

⑭「虛空」，天空；空中。

⑮「釜」，音fǔ【斧】。古代烹飪器具，相當於現在的鍋。

⑯「虛黃」，病證名。多因勞倦太過，氣血兩虛所致。症見口淡，怔忡，耳鳴，腳軟，怠惰無力，寒熱微作，小便濁澀，皮膚雖黃而爪甲如常。

⑰「囐嘴瓶」，疑爲會吧嗒嘴的瓶子、會啃咬嘴的瓶子，或會發出聲音的瓶子。「囐」，音zá【雜】、niè【涅】、yàn【彥】、è【鱷】。此處疑音zá【雜】。有詞「嘈囐」，古同「嘈雜」，指聲音雜亂而喧鬧。或「囐」爲「咋」、「咂」的誤寫。

⑱「骨殖」，屍骨；骨灰。

搜鬼論

鼎升曰：

古今圖書集成本《卜筮全書・闡幽精要・搜鬼論》篇名後有「觀鬼爻發動爲實」七字。

子：作怪鼠①咬屋，黃昏忌火災。小兒夜裡叫，簷前禍鬼催。

丑：古墓西北方，牛欄又接倉。開土有坆②穴，伏屍夜作殃。

寅：蛇虎來作怪，六畜③血財④亡。人口有病患，急须保安康。

卯：隔墻帶血鬼，作灾母病牀。破傘并橱櫃，及有死人牀。

辰：雞犬竈中死，神廟⑤不燒香。穢犯神龍⑥位，有禍小兒郎。

巳：買得舊衣裳，亡人身上物。作怪蛇入屋，防損豕⑦牛羊。

午：作怪鼠咬屋，不覺火燒裳。急遣白虎去，人口却安康。

未：小兒奴婢走，甑⑧叫沸鍋湯。外來門與厨，在家作禍殃。

申：客亡鬼入屋，作怪在家堂⑨。黄昏雞啼叫，枯木被風傷。

酉：家有鼠咬櫃，燈架不成雙。竈有三處損，咒咀一女娘。

鼎升曰：

古今圖書集成本《卜筮全書・闡幽精要・搜鬼論》原條文作：

「酉：家有鼠咬櫃，燈檠不成雙。竈有三條折，呪咀一女娘。」

戌：飛禽來入屋，遺糞污衣裳。竈破并鍋漏，神燈⑩被鼠傷。

亥：公婆歸塵土，從來不裝香⑪。小兒穢觸犯，引鬼作怪殃。

註釋：

①「鼡」，同「鼠」。

②「坆」，同「墳」。

③「六畜」，馬、牛、羊、雞、犬、豬六種牲畜；泛指各種牲畜。

④「血財」，飼養、繁殖、運輸、販賣、宰殺牲畜以營利。

⑤「神廟」，帝王的宗廟；佛寺。

⑥「神龍」，龍。龍變化莫測，故有此稱。

⑦「豕」，音shǐ【史】。豬。

⑧「甑」，音zèng【贈】。古代蒸煮食物的瓦器，底部有許多小孔，放在鬲上，有如現代的蒸籠。

⑨「家堂」，家中的堂屋；本指安放祖先神位的屋宇，多借指祖先的神位。

⑩「神燈」，神佛前所供的燈火。

⑪「裝香」，燃香供佛，表示皈依虔誠。

卜筮正宗卷之十二終

卜筮正宗卷之十三

古吳洞庭西山王維德洪緒著
壬午舉人弟　需遵時　參訂
吳　庠　鍾　英子燦
男其龍雲客
任用淵潛菴
門　人　謝朝柱巨材同較
蔡　鑑升明
男其章琢軒
後　學　李凡丁鼎升校註

十八問答附占驗

第一問：三傳（年月日建）剋用，有一爻動來生，有一爻動來剋，亦謂貪生忘剋乎？

答曰：寡固不可敵衆也①。卽如一爻生、一爻剋，又自化剋，皆不宜也，何況三傳助剋乎？

又問：或月剋日生、日剋月生，何如？

答曰：匹②也。再看動出一爻生，是生；動出一爻剋，是剋也。

註釋：

①「寡固不可敵衆也」，人少的當然抵擋不過人多勢衆的。

②「匹」，相配；相比；相當。

辰月丙申日（辰巳空），占弟病，業已①臨危②。得既濟之革卦——

兄	〃應	子
官	、	戌
父	X	申　化亥
兄	、世	亥
官	〃	丑
子	、	卯

斷曰：此卦亥水兄弟爲用神，辰月剋之、申日生之，又得申金動爻生之，臨危有救。果于本日酉時得明醫③救活，亥日全愈④。

鼎升曰：

據拙作《全本校註增刪卜易·剋處逢生章》記載：「如辰月丙申日，

占弟痘症，業已臨危。得既濟變革卦。月建辰土，雖尅亥水兄弟，賴申日以生之，又得動爻相生，臨危有救。果於本日酉時，得名醫而救活，至已亥日以全生。」

註釋：

①「業已」，已經。

②「臨危」，瀕臨病危。

③「明醫」，高明的醫生。

④「全愈」，疾病治好。

午月丁未日（寅卯空），占弟被訟①，吉凶何如？得困之恒卦——

六親	地支	爻	化	世應
父	未	〃		
兄	酉	○	化申	
子	亥	、		應
官	午	X	化酉	
父	辰	、		
才	寅	〃		世

斷曰：酉金兄弟爲用神。午月剋之，未日生之，似可相敵；但動出午火月建相剋，大凶之象。彼云：凶在何時？答曰：今歲辰年，太歲相合，自是無妨；化退神于申，恐厄②于午年申月。果至午年年

中月而被重刑③。

鼎升曰：

原卦中第三爻之變爻「化酉」二字無，據文意補。

據拙作《全本校註增刪卜易．月將章》記載：「又如午月丁未日，占弟被論，吉凶何如？得困卦變雷風恒。酉金兄爻爲用神，午月尅之，未日生之，可以相敵。但不宜又動出午火相尅，正所謂『最怕他爻增尅制』。彼問：有大害否？予曰：午火爲月建，動於卦中，謂之『入卦者，更見剛强』，又謂之『月建作忌神，得禍不淺』，大凶之象。又問：凶在何時？予曰：酉金兄爻化退神，今歲辰年，太歲相合，自是無妨，恐退至申年而無路矣！果於本年下獄，至申年而被重刑。」

註釋：

①「訟」，打官司；告狀；申告。

②「厄」，災難、困難。

③「重刑」，重的刑罰；加重刑罰；施以嚴刑。

午月戊辰日（戊亥空），占妹臨產①吉凶。得晉卦——

巳	未	酉合	卯	巳	未
、	〃	、世	〃	〃	〃應
官	父	兄	才	官	父

斷曰：酉金兄弟爲用神，月剋日生，許之無碍。明日卯時必生，母子平安。應卯時者，酉金與辰日相合也，《黃金策》云：「若逢合住，必待沖開。」此月剋日生，無增生剋也。

鼎升曰：

據拙作《全本校註增刪卜易．月將章》記載：「如午月戊辰日，占妹臨產吉凶。得火地晉。酉金兄爻爲用神，月令尅之，日建生之，許之無礙，明日卯時必生。果於次日卯時生，母子平安。應卯時者，酉金與辰日相合，《黃金策》曰：『若逢合住，必待沖開。』此月尅而日生，無增尅制幫扶也。」

註釋：

①「臨產」，孕婦快要生孩子。

巳月乙未日（辰巳空），一人占自病。得大過之鼎卦——

才	X	未化巳
官	○	酉化未
父	丶世	亥
官	丶	酉
父	丶	亥
才	〃應	丑

斷曰：世爻亥水爲用神。未土動來剋世，酉金動來生世，是謂貪生忘剋，化凶爲吉矣！但不宜日辰來剋，又逢月沖，雖有酉金原神發動相生，如樹無根，生不起也。果卒于卯日。應卯日者，沖去原神之日，忌神共來剋害也。

鼎升曰：

據拙作《全本校註增刪卜易．元神忌神衰旺章》記載：「如巳月乙未日，自占病。得澤風大過變火風鼎。自占病，世爻亥水爲用神，被未土忌神動而剋水，幸得酉金元神亦動，忌神未土反生元神之酉金，金生亥水，接續相生，化凶而爲吉矣。豈知亥水月沖日剋，值月破而被剋，雖有生扶，生之不起，如樹無根，寒谷不回春也。果卒於癸卯日。應卯日者，沖去元神之日。此謂之『用神無根，元神有力亦難生』。」

申月戊子日（午未空），占墳地。

得剝卦——

寅　子　戊　卯　巳　未

、　〃世　〃　〃　〃應　〃

才　子　父　才　官　父

斷曰：日辰子孫持世，月建生之，青龍戲水①，水必從左遶，穴必近大水，不然長流之水到堂②。白虎臨卯木，子卯刑中帶生，是臨財爻，爲無碍。應爲朝山③屬火，被世剋，朝山不高；世前戊土爲對案④，土剋世，對案畧高。彼曰：一一皆是。葬後未出三年，二子皆發⑤科甲⑥。

鼎升曰：

《增刪卜易．尋地章》原卦中排出六神。據拙作《全本校註增刪卜易．尋地章》記載：「申月戊子日，占塋地。得剝卦。子孫持世遇日辰，申月生之，青龍戲水，水由左旋，旺相必近大河，不然亦有長流之水；白虎卯木，子卯相刑，爪牙埋伏；應爲向山，火逢水剋，向山不高；戊爲案山，戊土剋水，案山略高。彼曰：一一皆是。予曰：宜速葬之，今冬就發。果於八月安葬。至十月，次子忽立奇功，加級超陞，次年四月，開府元戎。長子從無所出，次年得子。」

註釋：

①「青龍戲水」，此處指穴左有蜿蜒環曲的流水。

②「堂」，明堂。又稱「內陽」。堪輿家謂穴前平坦開闊、水聚之地。按照與穴場距離的近遠，分為小明堂、中明堂（內明堂）和大明堂（外明堂）。

③「朝山」，指龍穴前方與龍穴遙相對應的山，為尋龍點穴的佐證。堪輿家謂朝山秀挺相向，穴氣則吉貴。又稱「朝砂」。明徐善繼《重刊人子須知資考地理心學統宗・砂法・統論朝案二山》：「夫曰朝曰案，皆穴前之山，本自有辨，不可紊而為一也。蓋其近而小者稱案，遠而高者稱朝。謂之案者，如貴人據案處分政令之義；謂之朝者，即賓主相對抗禮之義。故案山近小而朝山高遠也。」

④「對案」，穴山近前的矮山，有助於蓄聚穴山之氣。又稱「案山」。

⑤「發」，科舉考試應考中選。

⑥「科甲」，漢唐兩代考選官吏後備人員分甲、乙等科，後因稱科舉為科甲。

第二問：何以謂之回頭剋？剋者有吉凶乎？

答曰：土爻動而變木、木爻動而變金、金爻動而變火、火爻動而變水、水爻動而變土，此是爻之回頭剋也；乾兌卦之離、離之坎、坎之艮坤、艮坤之震巽、震巽之乾兌，此是卦之回頭剋也。凡遇回頭剋者，徹底剋盡，原用二神遇之則凶，忌仇二神遇之反吉也。

卯月癸亥日（子丑空），占家宅人口平安否。得需之乾卦——

才	X	子	化戌
兄	、	戌	
子	X世	申	化午
兄	、	辰	
官	、	寅	
才	、應	子	

斷曰：申金子孫持世，化午火回頭之剋，乃自身及子孫皆受剋也；子水財爻化戌土回頭之剋，財爲妻妾奴僕：一家受剋之卦。後至午月，火旺剋世，助土剋財，財逢月破，一家數口，被回祿①俱死。

鼎升曰：

原卦中第四爻之變爻「化午」，原本作「化巳」，顯誤，據文意改。

據拙作《全本校註增刪卜易．五行相尅章》記載：「又如卯月癸亥日，新遷住宅，人口不安。占得水天需變乾卦。申金子孫持世，化午火回頭之尅，乃自身與子孫同受尅；上爻子水財動，又化土尅，財爲妻妾婢僕：

乃一家受害之象。速宜遷之。伊曰：另改門戶，能免災耶？予曰：不能。『忌回頭之尅我』，夏天火旺之時，必有凶厄。豈知宅近黃河，逐日欲遷而未遷，午月河決，一家九口，隨波逐浪。應午月者，午火當權，尅世尅子，又沖子水妻財，所以一家被害。」

註釋：

①「回祿」，傳說中的火神名。因稱火災爲回祿。

寅月辛酉日（子丑空），占開店。

得艮之明夷卦——

官	才	兄	子	父	兄
寅 化酉	子	戌	申	午	辰 化卯
〇世	〃	〃	、應	〃	X

斷曰：世臨寅木，得令當時，目下開張可許。獨嫌日主尅世，又化回頭之尅，鬼臨世爻，須防疾病：至六月世入墓時當防。果至六月病；至八月，店中財物被夥計盜盡，嗚①之于官。

鼎升曰：

　據拙作《全本校註增刪卜易．月將章》記載：「如寅月辛酉日，占開鋪面。得艮變明彝卦。世臨寅木，得令當時，目下開張，可許熱鬧。獨嫌日辰尅世，世化回頭之尅，生少尅多；又是六沖卦，六沖不久。彼曰：或是夥計不同心，或是別有他故？予曰：鬼在身邊，須防疾病；夥計從此變心，必受其累。果於六月痢疾，至八月未愈，夥計盜盡，嗚之於官，分文不獲。此謂之『當時旺相無傷，過時受害』。應六月者，木墓於未；夥計變心者，應爻申金，秋天當令而沖世；財被盜盡者，因子水財落空亡。」

註釋：

①「嗚」，向上級官府申告。

申月戊午日（子丑空），一人占自久病，問過得今年否？得遁之姤卦——

戌	、	父	
申	、應	兄	
午	、	官	
申	、	兄	
午	X世	官	化亥
辰	〃	父	

斷曰：世爻午火臨日辰，可稱旺相，但不宜申月建生助亥水，回頭一剋。此人至亥月戌日而故。應亥月者，午火乃日辰之火，彼時亥水不得令，不敢剋也；戌日者，火庫在戌也。

鼎升曰：

據拙作《全本校註增刪卜易．日辰章》記載：「如申月戊午日，占病。得天山遯變天風姤。世爻午火臨日辰，本主旺相，不宜申金月建，生亥水回頭尅世，卒於亥月。」

卯月乙未日（辰巳空），一人占賣貨。得家人之小畜卦——

卯	、		兄
巳	、	應	子
未	〃		才
亥	、		父
丑	X	世　化寅	才
卯	、		兄

斷曰：丑土財爻持世，卯月剋之、未日沖之，謂之「散」；又化寅木回頭之剋：不獨財被剋，而世亦遭傷矣！後至未月，世值月破，回祿傷身而死。

鼎升曰：

據拙作《全本校註增刪卜易．囤貨賣貨章》記載：「又如卯月乙未日，占賣貨。得家人之小畜。丑土財爻持世，卯月尅之、未日沖散，又化寅木回頭之尅，不獨財爻被尅，世爻亦被沖傷，六月世臨月破，不獨破財，且防不測。果於六月回祿，貨成灰燼，身被火傷，過七日而死。」

酉月丙寅日（戌亥空），占何日雨。得升之師卦——

官	〃	酉
父	〃	亥空
才	〃世	丑
官	○	酉 化午
父	、	亥空
才	〃應	丑

斷曰：亥水父爻爲用神，值旬空；酉金官鬼爻是原神，化午火回頭之剋。旬內不雨，至子日有幾點小雨。應于子日者，沖去午火仇神故也；雨小者，旬空無根也。

卯月戊辰日（戌亥空），一人占父官事。得萃之同人卦——

父	X	未 化戌
兄	、應	酉
子	、	亥
才	X	卯 化亥
官	〃世	巳
父	X	未 化卯

斷曰：外卦未土，卯月剋之，況土值春令氣敗；又會成亥卯未木

局剋之：全無救助，必至重罪①。後果斬。

鼎升曰：

據拙作《全本校註增刪卜易．五行相尅章》記載：「如卯月戊辰日，占父官事，已擬重罪。得澤地萃變天火同人。外卦未土父母，卯月尅之，內卦亥卯未合成木局，又相尅制，月尅日刑，全無救助。果至重刑。」

註釋：

①「重罪」，死刑。

巳月丁亥日（午未空），一人占僕何日回。得夬之履卦——

六親	爻	動變	世應
兄	未（化戌）	X	
子	酉	、	世
才	亥	、	
兄	辰（化丑）	○	
官	寅	、	應
才	子	、	

斷曰：亥水財爻爲用神。亥水雖是日建，不謂「月破」，但不宜重重土動傷之。諺云：「雙拳不敵四手①。」不獨難望歸期，還要防途中不測②。後至午月火旺合未助土時，中途遇害矣！

鼎升曰：

據拙作《全本校註增刪卜易．日辰章》記載：「又如巳月丁亥日，占僕何日回？得夬卦變履。亥水財爻爲用神，亥爲月破，雖值日建，破而不破，不宜四重土動以傷之。諺云：『雙拳不敵四手。①』不獨難望歸期，猶防不測②。果於午月卯日得信，中途已遭害矣。」

註釋：

①「雙拳不敵四手」，比喻人少的敵不過人多的。

②「不測」，意外或不能預料的禍害。

午月丙寅日（戌亥空），一人占自病。得離之坎卦——

兄	巳化子	○世
子	未化戌	X
才	酉化申	○
官	亥化午	○應
子	丑化辰	X
父	卯化寅	○

斷曰：離火化坎水，乃卦變回頭之剋；巳火世爻化出子水回頭之剋，名爲「反吟卦」。目今午月火旺之時，日主生扶，近來無碍，冬令防之。後果死于戌月丁亥日。應戌月者，世入墓之月也；亥日者，剋、冲世之日也。

鼎升曰：

《增刪卜易·卦變生尅墓絕章》中原卦未排出六親、地支與世應。

據拙作《全本校註增刪卜易·卦變生尅墓絕章》記載：「又如午月丙寅日，占主病。得離變坎。離火變坎水，回頭來尅，但因午月火旺，許之冬令必危。果卒於九月丁亥日。此皆不看用神之衰旺也。」

卯月乙酉日（午未空），一人占索房價①。得坎之坤卦——

六親	爻	地支
兄	〃世	子
官	○	戌化亥
父	〃	申
才	〃應	午
官	○	辰化巳
子	〃	寅

斷曰：坎卦變坤，亦是卦變回頭之尅；世爻雖得日生，不宜兩重土動來傷：此卦甚凶，不但房價事小，宜防不測之禍。後于午月覆舟而亡。應于午月者，辰、戌土鬼出春令，遇火增威；世臨月沖也。

此占房價驗在其命，乃神之預報其凶，占此應彼，占輕應重也。

鼎升曰：

《增刪卜易·卦變生尅墓絕章》中原卦未排出六親、地支與世應。

據拙作《全本校註增刪卜易．卦變生尅墓絕章》記載：「如卯月乙酉日，占索房價。得坎變坤。予疑此卦坎水變坤土回頭之尅，對伊而曰：房價事小，此卦甚凶，今年諸事須宜謹慎。後於巳月覆舟而死。占此應彼，神預告其凶，令人早知趨避也。古以『占大事忌之』，此卦豈非占小事而應大凶耶？」

註釋：

①「索房價」，討要房屋的錢款。

申月戊辰日（戌亥空），占具題①。

得中孚之損卦——

官	卯	、	
父	巳	○	化子
兄	未	〃	世
兄	丑	〃	
官	卯	、	
父	巳	、	應

斷曰：五位巳火生世，化子水回頭剋，不宜具題。問曰：有害否？予曰：巳火雖不能生，幸卦中無動爻剋世，利害皆無。後題而果不准行。

鼎升曰：

據拙作《全本校註增刪卜易．占面聖上書叩閽獻策條陳劾奏章》記載：「如申月戊辰日，占上書。得中孚之損。五位巳火生世，不宜巳火受尅，此書宜止。問曰：有害否？予曰：巳火雖則不能生世，卦中無尅世之爻，利害皆無。後上之，果不准行。」

註釋：

①「具題」，題本上奏；申報朝廷的題本。「題」，題本。清代地方大員向皇帝請示或報告公務的文書。

寅月丁巳日（子丑空），占慮大計①。得旅之明夷卦——

六親	地支	爻	世應	變
兄	巳	○		化酉
子	未	〃		
才	酉	○	應	化丑
才	申	、		
兄	午	〃		
子	辰	X	世	化卯

斷曰：子孫持世，化回頭之剋，但嫌世位臨之，世爲自己，不宜受剋，雖有金局生扶伏官，難稱無恙。後果削職②。

鼎升曰：

據拙作《全本校註增刪卜易．占防參劾慮大計及已有事尚未結案者章》記載：「如寅月丁巳日，占慮大計。得旅之明彝。斷曰：子孫持世，雖化回頭之剋，世亦受剋；外卦巳酉丑，雖則金局以生伏神之官，亦無用矣。果削職。」

註釋：

①「大計」，明清考核外官的制度。由吏部考功司主持，三年舉行一次。自州、縣至府、道、司逐級考核屬員，再經總督、巡撫考核後送吏部。凡才、守均優者經皇帝接見後可加一級回任候陞；劣者加以處分；成績一般者叫平等，不受舉劾。

②「削職」，免職。

第三問：生用神者爲原神，本主吉，吉中亦有凶乎？

答曰：原神動來生用，用神出現旺相者，其吉更倍也。如用神旬空衰弱，或伏藏不現，待用出旬得令值日，所求必遂也。如用神旺相，原神休囚不動，或動而變剋變絕變墓，月破日冲，或仇神動剋原神，或被日月相剋，或化退神，皆不能生用，則用神根蒂①被傷，不惟無益，而反有損矣！

註釋：

①「根蒂」，吳語中指根。

申月戊辰日（戌亥空），妻占夫近病。得同人之離卦——

戌沖　、應　子
申化未　○　才
午　、　兄
亥　、世　官
丑　〃　子
卯　、　父

斷曰：世爻亥水夫星墓于辰日，其病若論隨鬼入墓，豈不凶乎？幸申金原神動來生用，又化出未土生助原神，又戌土暗動生助原神，是夫星根蒂固深。所嫌亥水旬空，不受其生，必待巳日沖起亥水即愈。果己巳日全愈也。

鼎升曰：

據拙作《全本校註增刪卜易．隨鬼入墓章》記載：「如申月戊辰日，占夫病，癸亥命。得同人之離。斷曰：妻占夫，亥水官鬼爲用神，墓於辰日，乃夫星、夫命皆入墓也，古法斷之必死。予曰：不獨不死，明日即愈。何也？辰日沖動戌土以生申金，因世爻亥水空亡，不受其生，明日己巳沖起亥水，得遇金生，其病如失。果於次日大愈。」

卯月甲寅日（子丑空），占風水。

得困之節卦——

未 〃 父
酉 、 兄
亥 ○應 子　化申
午 〃 官
辰 、 父
寅 X世 才　化巳

余曰：占祖塋必有他故。葬後因何事不亨？今日何事而問？明以告我，方敢決斷。彼曰：自葬後，被論而歸；年近五旬，尚無子息。是以卜此墳有何碍否？余曰：六合化合，風藏氣聚①，但嫌亥水化申金被日辰冲之，申乃水之原神，必然源流水不歸漕②之故耳。若使水歸漕，不至旁流，巳年再拜丹墀③，申年生子。後果驗。應巳年起用④者，世上寅木化出官星之年也；申年生子者，亥水子孫化出申金回頭之生也。

鼎升曰：

據拙作《全本校註增刪卜易．六合章》記載：「如卯月甲寅日，占風水。得困之節。予曰：占祖塋必有其故。自葬後何事不亨？今日之念因何而問？明以告我，方敢決斷。彼曰：自葬後，功名因被論而歸；年近五旬，尚無子息。是以問之，因此塋之礙否？予曰：龍自右【左？】脉而來，水亦從左而遶，源流水不歸漕之故耳。彼曰：何以知之？曰：亥水子孫化申金生之，申爲源流，寅日沖散。若能使水歸漕，不至傍流者，明年起用，再拜丹墀，申年定生麟種。彼問：久遠否？予曰：六合化六合，萬載安然。」

註釋：

①「風藏氣聚」，穴場垣城完整，拱護周密，無外風蕩颺，能聚生氣。

②「漕」，水道，溝渠。

③「丹墀」，古代宮殿前漆成紅色的石階。「墀」，音chí【遲】。臺階上面的空地。亦指臺階。

④「起用」，重新任用已退職或黜免的官員。泛指提拔任用。

丑月戊子日（午未空），一人自占近病。得同人之旅卦——

戌	、應	子
申 化未	○	才
午	、	兄
亥	、世	官
丑	〃	子
卯 化辰	○	父

斷曰：自占病，世爲用神。世爻亥水，子日拱之，又得申金原神動來生世，乃不死之症。第①嫌申金化出未土，乃是月破旬空，則原神無根矣！目下無碍，恐危于春月。至立春日果死。應正月死者，申金原神亦逢月冲；春月木旺，未土又被剋也。

鼎升曰：

《增刪卜易．元神忌神衰旺章》中原卦爲連占卦之一。據拙作《全本校註增刪卜易．元神忌神衰旺章》記載：

「又如丑月戊子日，自占病。得天火同人變旅卦。自占病，世爲用神。世爻亥水，子日拱之，又得申金元神動而相生，乃不死之症。疑其申金墓於丑月，恐不能生。

請伊母再占一卦。得離卦變火天

大有——

巳	未	酉	亥	丑	卯
、世	〃	、	、應	X	、
				父 寅	
兄	子	才	官	子	父

母占子，子孫爲用神。丑土子孫雖逢月建，不宜動化寅木回頭之剋，

目下雖則無妨，交春木旺土衰，必死。又合前卦，亥水世爻得申金元神以相生，寅月沖去申金，則危矣。果卒於交春之日。大凡占病，一家俱可代占，合而決之，生死之日月可知矣。卦宜多占，決禍福而更穩，不然前卦申金元神，動而生世，當許申日退災；因見後卦丑土子孫變寅木之尅，寅月必危，始悟出寅月沖去申金則危矣。」

註釋：

①「第」，同「第」。只是；但是。

寅月乙丑日（戌亥空），子占父病。

得升之師卦——

官　〃　酉
父　〃　亥空
才　〃世　丑
官　○　酉化午
父　、　亥空
才　〃應　丑

斷曰：亥水父爻爲用，雖値旬空，有酉金原神動來生之，可許無礙。但不宜酉金化出午火回頭一尅，此乃原神被傷，用神無根矣！

此人果死于卯日卯時。應卯日卯時者，生助午火，尅沖原神也。

第四問：三合入卦成局，何以斷之？

答曰：原用二神局則吉，忌仇二神局則凶。成局者，結黨也，卦中動爻誰敢制之？如三爻齊發合成用神局，必有一爻用神；合成原神局，必有一爻原神；合成仇忌局，必有一爻仇忌。宗其一爻有病關因者斷之：或遇日沖者，曰暗動（此言靜而日沖）、曰實（此言動而逢空日辰沖也），曰破（此言月建沖也），但其沖破也，必待相合之期至，而應事之吉凶；如一爻靜、二爻發者，必待一爻靜者值日應事；如一爻靜而逢空者，或動而逢空者，或化而逢空者，待其出空之期應事之吉凶；如空而逢合，靜而逢合，動而逢合者，必待沖期至，而應事之吉凶；如自化合，或與日合，如自化墓，或墓于日者，必待期沖（此言三爻齊發，二爻無病，指自化者言也）；如自化絕，或絕于日者，必待期生（亦指一爻有病者而言也）。

卯月丁巳日（子丑空），兩村爭戽水①鬬毆。得離之坤卦——

巳化酉	未	酉化丑	亥化卯	丑	卯化未
○世	丶丶	○	○應	丶丶	○
兄	子	才	官	子	父

斷曰：內爲我村，外爲彼村。內卦亥卯未爲木局，外卦巳酉丑爲金局。金來剋木，幸衰金不剋旺木，又日主制金，不足畏也。況六沖化沖，不至爲非，其事卽散。果驗。合成內外兩局，卽彼我之分；不動不成局，卽看世應。今且人衆同心，彼我合局，神之妙用也。

鼎升曰：

據拙作《全本校註增刪卜易．六合章》記載：「如卯月丁巳日，上下兩村因爭田水厮打。斷曰：內卦爲我村，亥卯未合成木局；外卦爲外村，巳酉丑合成金局。金來尅木，幸衰金不尅旺木，不足畏也。況係六沖卦變六沖，有人解散，必不成非。後果勸散。或問：彼此之勢，必以世應爲主，如何不言世應？予曰：若無內外合局者，須看世應。今彼此兩村，即內外兩卦，人衆同心，彼此合局，神之妙用，靈驗顯然，故棄世應而不用也。若非卦化六沖，未有不成非也。」

註釋：

①「戽水」，用戽斗或水車引水灌田。「戽」，音hù【護】。用以引水灌溉田地的器具，形狀略似斗狀。

巳月丁酉日（辰巳空），占遞呈①圖謀②補缺③。得乾之需卦——

子	、		父
寅	、		兄
辰	、	應	官
午化申	○		父
申	、		才
戌化子	○	世	子

斷曰：寅午戌三合官局生世，此缺必得。內少寅字發動，須待寅日遞呈可也。後果驗。此虛④一待用也。

鼎升曰：

據拙作《全本校註增刪卜易．六合章》記載：「又如巳月丁酉日，占功名。得乾卦變水天需。此公向蒙大部考過才能第一，後因他故而未得用。今有選才能之缺，意欲遞呈，又因督勦之官亦討才能，隨營補用，故不敢遞。予曰：爾已禱告，指此缺而問神，神許之而必得，旺官生世，再無他去之理。只因寅午戌三合官局，內少寅字，須待寅日具呈，管許必得此缺。果於寅日遞呈，特簡題用。此應虛一以待用也。」

註釋：

①「遞呈」，向上級遞交公文。「遞」，同「遞」。「呈」，呈文。舊時的上行文書。

②「圖謀」，謀劃；謀求。

③「補缺」，遞補官職。

④「虛」，同「虛」。

寅月丙辰日（子丑空），占選期①。

得乾之小畜卦——

戌	申	午化未	辰	寅	子
、世	、	○	、應	、	、
父	兄	官	父	才	子

斷曰：此卦戌爻暗發，寅爻如明動者，必以午火官星化未土作合，合待沖開。今不然，以午火明動、戌土暗動，三合官局，獨少寅動，借寅月建補成三合，本月必選。果驗。此虛一補用也。

鼎升曰：

據拙作《全本校註增刪卜易·六合章》記載：「又如寅月丙辰日，占選期。得乾之小畜。予曰：此卦以古法斷之，午火官星一爻獨發，當許午月；若以動而逢合，必待沖開，許子丑之月。今予不以此斷。午火明動，戌爻暗動，三合而少寅字，借月建以成三合，本月必選。果於本月選於闈中。夫應選於闈者，世動於六爻，又是官臨午火之故耳。此乃明動、暗動合成局也。」

註釋：

①「選期」，古時指赴吏部報到聽候選用的日期。

辰月丁亥日（午未空），占辨復①。

得萃之革卦——

父	兄	子	才	官	父
〃	、應	、	X	〃世	X
未	酉	亥	卯 化亥	巳	未 化卯

斷曰：巳火官星持世，臨馹馬②暗動，辨復在卽③。內卦亥卯未合財局，原神生世，因于未土旬空，必待未月，定蒙題允④，卽得美缺⑤。後果驗。未月者，實空之月也。

鼎升曰：

據拙作《全本校註增刪卜易．六合章》記載：「又如辰月丁亥日，占辨復。得萃之革。內卦亥卯未合成財局，生世爻巳火之官，世爻巳火驛馬加臨，亥日沖之而暗動，莫惜所費，未月定蒙題允，即得美缺。後至未月果遂題復，得補楚中。應未月者，乃實空之月也。」

註釋：

①「辨復」，科舉時代士人因犯法革去功名，後由於申辯而得以恢復。「辨」，通「辯」。

②「馹馬」，驛馬。神煞名。《卜筮全書·神殺歌例·驛馬》：「出行及占行人，俱要看之。寅午戌馬居申，申子辰馬居寅，巳酉丑馬在亥，亥卯未馬在巳。」「馹」，音ㄖˋ【日】。古代驛站專用的車，後亦指驛馬；驛站。

③「在卽」，就在眼前，即將發生，表示時間的迫近。

④「題允」，上奏章請示，得到皇帝准許。「題」，題本。清代地方大員向皇帝請示或報告公務的文書。

⑤「美缺」，好職位。常指如意的官職。

丑月己卯日（申酉空），占父急病。

得乾之賁卦——

父　戌　、世
兄　申　○　化子
官　午　○　化戌
父　辰　、應
才　寅　○　化丑
子　子　、

斷曰：世爻戌土父母爲用，近病不宜日合。幸寅午戌合成火局生用，大象無妨。但戌爻被合，必待明日辰日，合逢冲而病愈也。果驗。

丑月戊午日（子丑空），占孀病。
得離之明夷卦——

巳	化酉	○世	兄
未		〃	子
酉	化丑	○	才
亥		、應	官
丑		〃	子
卯		、	父

斷曰：卯木父母爻爲用神，外卦巳酉丑合成金局剋之，目今丑土旬空，旬內無妨，乙丑日防之。果于丑日酉時卒。應于丑日者，出旬之日也。

未月戊申日（寅卯空），占子何日歸。得睽之鼎卦——

巳		、	父
未		〃	兄
酉		、世	子
丑	化酉	X	兄
卯		、	官
巳	化丑	○應	父

斷曰：內卦巳酉丑合成金局作用神，丑土係月破，必待立秋後甲子日到家。後果驗。此應立秋後者，丑土月破，出月則出破矣；果于甲子日歸，此其破而逢合也。

鼎升曰：

原卦中「得睽之鼎卦」，原本作「得睽之鼎卦」，顯誤，以其形近而誤。逕改。

巳月丙申日（辰巳空），占父何日歸。得大畜之乾卦——

寅	子（化申）	戌（化午）	辰	寅	子
、	X應	X	、	、世	、
官	才	兄	兄	官	才

斷曰：寅午戌三合父局，獨有寅字日沖，又絕于申日，巳亥日必歸。果驗。巳亥日到者，此沖中逢合也、絕處逢生也。

丑月戊辰日（戌亥空），占防叅劾①。得井之中孚卦——

父	X	子	化卯
才	、世	戌	
官	〃	申	
官	○	酉	化丑
父	、應	亥	
才	X	丑	化巳

此公因新換撫軍②，防其叅劾。予曰：此卦甚奇。世空逢日沖不爲空矣，世不受剋而暗動，雖無叅論，離任不免。彼曰：既無叅論，如何離任？予曰：世爻暗動，必主動摇；內卦合金局生應，果③知此位已属他人矣。後因裁他處缺④，上臺⑤題留⑥他處官頂此公位，將此公赴京另補⑦。此亦少見少聞之事，知我者，惟神明也。

鼎升曰：

據拙作《全本校註增刪卜易．占防參劾慮大計及已有事尚未結案者章》記載：「又如丑月戊辰日，占防參劾。得井之中孚。此公因新換督撫，有防參劾。予曰：此卦甚奇。世空以逢日沖，不爲空矣，世不受尅而暗動，雖無參論，離任不免。彼曰：既無參論，如何離任？予曰：世爻暗動，必主動搖；內卦巳酉丑合成官局以生應爻，故知此位已屬他人矣。後因裁他處之缺，上臺題留他處之官頂此公之位，換此公回京另補。此亦少經見之事，知幾者，神也！」

註釋：

①「參劾」，君主時代上奏章揭發官吏的罪狀；彈劾。

②「撫軍」，明清時巡撫的別稱。巡撫一般爲從二品官員，亦有正二品官員。每省一人，爲一省之長。

③「果」，終究。

④「裁他處缺」，免去別處官吏的原任官職，等候補缺。清制，撤銷或減少衙署職官和官員的定員設置稱「裁缺」，被裁減下來的官員也稱「裁缺」。清制規定，雲、貴、川、廣等邊遠省份裁缺各員，准留本省補用。其餘近省裁缺人員，初定照例赴吏部另補，後改裁缺的佐雜人員准留於該省差委，遇缺補用；知縣以上裁缺人員，亦准留省，遇有相當之缺補用。至於京官被裁各缺，以及由吏部升選之外任官員，尚未領憑赴任者，仍歸吏部照例遇缺即可補用。

⑤「上臺」，上司；泛指三公（明清以太師、太傅、太保爲三公，作爲大臣的最高榮譽頭銜）、宰輔（輔政的大臣。一般指宰相）。

⑥「題留」，此處指奏請皇帝，讓本省別處被裁缺後仍留於本省的官員，頂替此人現有的官職。「題」，題本。清代地方大員向皇帝請示或報告公務的文書。

⑦「補」，候補。清代制度，凡在吏部候選之官員，由吏部根據其職位、資格、班次進行抽籤，每月舉行一次。抽中者分至某部或某省等候任用。

寅月戊午日（子丑空），占地造葬①可否。得頤②之无妄卦——

寅	、	兄
子（化申）	X	父
戌（化午）	X世	才
辰	〃	才
寅	〃	兄
子	、應	父

斷曰：世爻戌土，春天休囚，化午火子孫回頭之生，日辰、月建共成三合。青龍臨水，化申長生，水源極遠，必從左首③而來；但化月破、戌土剋、日辰冲散，此水有時乾否？彼曰：正是。予曰：無妨。卦中日、月、世，與子孫共成三合，自然亡者安、生者樂，葬之必發。辰年下葬，酉年孫中亞魁④，子年次孫又登鄉榜⑤。

鼎升曰：

《增刪卜易．尋地章》原卦中排出六神。據拙作《全本校註增刪卜易．尋地章》記載：「如寅月戊午日，占地。得頤變无妄。斷曰：世爻戌土，春天休囚，化出午火子孫回頭生世，日、月、世爻共成三合；青龍戲水，以化長生，水源極遠；只因申爲月破，戌土尅子水，又被日辰沖散，春夏有水，秋冬必乾。彼曰：正是如此。予曰：不妨，不可求全責備。卦中日、月、世，與子孫共成三合，亡者安而生者樂，子孫昌盛，何愁不發？後竟葬之。辰年下葬，酉年孫中亞魁。及至子年，次孫又登鄉榜。」

註釋：

①「造葬」，豎造與葬埋。即修建陰陽宅。

②「頥」，同「頤」。

②「左首」，左邊。

④「亞魁」，明清科舉鄉試第六名至第十名。《朱舜水全集・答問一》：「三年一大比，子午卯酉之年，大集舉子於省會……中式者爲解元，合次四名爲經魁，又次五名爲亞魁，又次及末爲文魁。」一說泛指科舉考試第二名。

⑤「鄉榜」，科舉鄉試的錄取名單。錄取者即舉人。

巳月甲辰日（寅卯空），占何日雨止。得鼎之睽卦——

兄巳、
子未〃應
才酉、
才酉○化丑
官亥、世
子丑Ｘ化巳　伏卯空

若執古法，父伏、空無雨，財、福動晴明。今不然，巳酉丑合成財局剋父，父若不空，受其剋，是無雨也；今伏而又空，謂之「避剋」，其雨不能止，必待卯日出透、出空被剋，方可雨止。後至甲寅日，其雨更大，卯日大晴。其寅日雖出空，而寅未載卦中，不受其剋，果大雨也。

鼎升曰：

原卦中「得鼎之睽卦」，原本作「得鼎之睽卦」，顯誤，以其形近而誤。徑改。原解中「財、福動晴明」，原本作「才、福動晴明」，當誤，以其形近而誤。徑改。

酉月辛卯日（午未空），占妻去摇會①可得否？得恒之蠱卦——

戌（化寅）合	X應	才
申	〃	官
午（化戌）	○	子
酉 冲	、世	官
亥	、	父
丑	〃	才

若執古法，財動福生，此會必得也。今亦不然。應上之財非財也，乃隣友之妻也。寅午戌會成火局，生應剋世；卯日合應冲

世：是謂「出現無情于我，會局有情于他」，必隣人之妻得會也。果驗。

鼎升曰：

原解中「卯日合應冲世」，原本作「卯月合應冲世」，顯誤，以其形近而誤。據文意改。

註釋：

①「會」，舊時民間盛行的一種信用互助方式。一般由發起人（稱「會頭」）邀請親友若干人（稱「會脚」）參加，稱爲「請會」，約定每月、每季或每年舉會一次。每次各繳一定數量的會款，輪流交由一人使用，藉以互助。會頭先收第一次會款，以後依不同方式，決定會脚收款次序。如按預先排定次序輪收的，稱爲「輪會」；如按搖骰方式確定的，稱爲「搖會」；如用投標競爭辦法決定的，稱爲「標會」。「會」，同「會」。

第五問：反吟之凶有輕重分別乎？

答曰：凡得反吟卦，用神不變冲剋者，事雖主反覆，亦主事就；苐嫌用神化冲剋者，凡謀大凶。

卯月壬申日（戌亥空），占隨官①上任如何。得比之井卦——

六親	地支	爻	變
才	子	〃應	
兄	戌	、	
子	申	〃	
官	卯	X世	化酉
父	巳	X	化亥
兄	未	〃	

斷曰：世臨卯木，化酉金剋沖，內卦乃爻之反吟也，此行不吉，不去爲上。後因官府②掣籤③，得缺④近于賊營，辭而不去。及至官府去後，又因他事而去。至七月城破，與官府一同被害。蓋與官同被害者，世上官爻同受酉金之沖剋也；不去而又去者，此內卦反吟之故也。

鼎升曰：

據拙作《全本校註增刪卜易．反伏章》記載：「如卯月壬申日，占隨官府上任。得比之井。斷曰：世臨官星，值月建而旺，隨去必成；因係內反吟，必有反復；不宜世爻絕於申日，又化回頭沖尅，此行不吉，不去者爲上。後因官府掣籤，得缺近於賊營，辭而不去。及至官府去後，忽又因他故而隨去矣。至七月城破，與官府一同被害。與同官府受害者，世爻與官鬼同受酉金之沖尅也；不去而又去者，卦得反吟之故也。」

註釋：

①「隨官」，跟著長官。

②「官府」，此處指長官、官吏。

③「掣籤」，抽籤。明代吏部選授遷除，初用拈鬮法，明神宗萬曆二十二年（公元1594年，甲午年）孫丕揚爲吏部尚書，改爲候選者自行掣籤。清代沿襲此法，外省官吏分散任用，由吏部掣籤決定分發何省。

④「缺」，官職的空額；泛指官員的編制、職務等。

卯月乙亥日（申酉空），占陞選①。

得臨之中孚卦——

酉 化卯	X	子
亥 化巳	X 應	才
丑	〃	兄
丑	〃	兄
卯	、世	官
巳	、	父

斷曰：世臨卯木，月建官星得長生于日，世與官星同臨旺地，許彼陞任。果于本月聞報②，由江西陞任山東；未及一載，復任江西。此外卦之反吟，去而復反也。

鼎升曰：

《增刪卜易．反伏章》中原卦日建爲己亥。據拙作《全本校註增刪卜易．反伏章》記載：「又如卯月己亥日，占陞遷。得臨變中孚。斷曰：世臨卯木月建之官，又長生於亥日，世與官星同臨旺地，許之即陞。果於本月聞報，由江右陞任山東；未及一載，復任江西。應本月陞者，卯官而值月令；陞山東者，官臨卯木；復任江西者，外卦反吟，去之而復反也。」

註釋：

①「陞選」，晉級選任。

②「報」，向陞官或考中科舉的人家裡送的喜報。但根據文意，此處也可能是指「邸報」。邸報始於漢，各郡國駐京邸官員，傳抄京都詔令、奏章、宮廷及政治新聞於諸侯的文件，是世界上最古老的一種報紙。後世因以稱朝廷官報爲「邸報」。

未月丁巳日（子丑空），占嫂復病①，吉凶如何？得剝之坤卦——

寅 化酉	○	才
子	〃世	子
戌	〃	父
卯	〃	才
巳	〃應	官
未	〃	父

斷曰：外卦艮變坤，乃卦之反吟也，明是病愈而復病也。但不宜寅木用神，化酉金回頭之剋，又墓于未月、日辰刑之，此病危于申日。果驗。

註釋：

①「復病」，舊病復發。

巳月戊申日（寅卯空），占往前處脫貨①有利否？得小畜之乾卦——

卯	、	兄
巳	、	子
未 化午	X 應	才
辰	、	才
寅	、	兄
子	、世	父

斷曰：小畜卦變乾，是卦之反吟也。所喜世與財爻長生于日。指此處占，以應爻作地頭，臨午火回頭生合，比前利息②更倍。後此人往返三次，俱得倍利。

註釋：

①「脫貨」，出售貨物。

②「利息」，收益；收入。

卯月戊子日（午未空），占墳地。

得巽之升卦——

卯化酉　○世　兄
巳化亥　○　子
未　〃　才
酉　、應　官
亥　、　父
丑　〃　才

斷曰：世爲穴，臨月建，子日生之，是爲吉地。但不宜爻變反吟，子孫與世皆化剋沖，不可葬。彼曰：重價已成久矣，地師①皆稱美地。後竟葬之，四年內，二子一女并自身相繼而死。

鼎升曰：

據拙作《全本校註增刪卜易．尋地章》記載：「如卯月戊子日，占地。得巽之升。世爲穴。世臨月建，子日生之，是爲吉也。但不宜外卦反吟，世被酉金沖尅，子孫被亥水沖尅，不宜用之。彼曰：已買成矣。予曰：不葬何妨？又曰：地師以爲美地。後竟葬之。四年之內，二男一女，相繼而卒，自身又得半身不遂之疾。愚人不怨於己，反怨祖父，起材暴露而不葬。遲二年身死，一同暴露，竟至沒後。應酉年者，謂之再沖之年。」

註釋：

①「地師」，風水師；堪輿家。

第六問：伏吟之凶，有輕重分別乎？

答曰：伏吟者，憂鬱呻吟之象。內卦伏吟內不利，外卦伏吟外不利。凡占皆不如意，動如不動，懊惱呻吟。占名，久困宦途①，淹留②仕路③。占利，本利消乏。占墳塋宅舍，欲遷不能，守之不利。久病呻吟、婚姻難就、官事羗搭④、出行有阻。如問行人，恐他在外憂鬱。如占彼此之勢，內則我心不遂，外則他意難安。欲問吉凶，研究用神生剋；要知禍福，須詳用忌伏吟。

註釋：

①「宦途」，做官的道路；官場。

②「淹留」，久留、逗留；緩慢。

③「仕路」，進身爲官之路；官場。

④「羗搭」，難纏、囉嗦；麻煩、牽涉；奇怪、不尋常；拉攏。「羗」，同「兜」。

申月乙卯日（子丑空），占兵到，一家當避何處。得无妄之大壯——

才	○	戌化戌
官	○	申化申
子	、世	午
才	X	辰化辰
兄	X	寅化寅
父	、應	子

斷曰：內外伏吟，憂鬱未解。所喜世爻午火子孫爲自己，應爻子水父母作父母，月建生應，日辰生世，世應安靜，父母與自己無礙。第嫌寅木兄弟爻伏吟，又是月破，昆仲①有厄。彼曰：我父母在西方舍親②家，得無妨否？答曰：西方屬金，生扶父母，萬無憂疑矣。汝自己宜避于東方，東方木能生火，兄弟妻僕俱從汝走，子孫持世，可保無虞。彼回，卽領家眷往東方去。後來覆我曰平安，惟其弟牽念父母，往探之，行至半途遭害矣。

註釋：

①「昆仲」，兄弟。昆爲兄，仲爲弟。

②「舍親」，對人謙稱自己的親戚。

申月甲午日（辰巳空），占父在任①平安否。得姤之恒卦——

爻	符號	地支	變爻	六親
上	○	戌	化戌	父
五	○	申	化申	兄
四	、應	午		官
三	、	酉		兄
二	、	亥		子
初	、、世	丑		父

斷曰：獨嫌外卦伏吟，任上必有事故②，不得意而呻吟也。彼曰：地方苗獞③之變，可有碍否？答曰：日辰生父，他事無虞。又問今年歸否。答曰：伏吟欲歸而不能；來年辰月平靜④，當裁缺，午月復補。此應辰月裁缺者，戌父伏吟，又逢破也；應午月復補者，日辰官星幫比生用，得時而旺也。

鼎升曰：

《增刪卜易．反伏章》中原卦日建爲癸巳。據拙作《全本校註增刪卜易．反伏章》記載：「如申月癸巳日，占父外任平安。得姤之恒。斷曰：巳火日辰生父母，當許在任平安。獨嫌卦得伏吟，乃是不寧之象，任上必有事故，不得意以呻吟也。彼曰：聞地方苗獞之變，可有礙否？予曰：日建生父，他事無虞。又問：何時歸來？曰：伏吟欲歸而不能，辰年可盼。後知苗猺作祟，地方不寧，驚險異常。寅年占卦，辰年裁缺而歸，午年又補四川。應辰年者，戌父化戌父，沖開戌父之年也；應裁缺者，巳日沖起亥水，暗動以尅官也；應午年又補官者，占時遇巳日拱起午火之官，當日亥水尅之而不盡，今午火官星值年，依然旺矣。」

註釋：

①「在任」，任職、居官。

②「事故」，事情，問題；變故。

③「獞」，音zhuàng【壯】。舊時對少數民族壯族的侮辱性稱謂。

④「平靜」，安寧；沒有騷擾動蕩。

寅月乙卯日（子丑空），客外占家中安否。得无妄之乾卦——

戌	、	才
申	、	官
午	、世	子
辰化辰	X	才
寅化寅	X	兄
子	、應	父

斷曰：內卦爲家中，已是伏吟，恐有變異呻吟之事出。彼曰：當主何事？答曰：寅月卯日，共來剋辰土財爻，恐是妻妾奴僕事耳。

是日，其人又占妻在家安否。得豫之否卦——

才	X	戌	化戌
官	X	申	化申
子	、應	午	
兄	〃	卯	
子	〃	巳	
才	〃世	未	

斷曰：戌土財爻又是伏吟，月、日相剋，令政①必有大厄。彼曰：應在何時？答曰：日辰合戌，目下雖寅、卯皆剋，可許無妨；交辰月伏吟，又逢月沖，必難逃矣！果于三月，乃妻去世矣！

註釋：

①「令政」，敬稱他人的嫡妻（正妻；原配妻子）。

第七問：爻遇旬空，欲斷爲到底全空，却應乎填實；欲斷作不空，却又到底空。何也？

答曰：無生有剋者，到底空也；有生無剋者，待時用也。卦之最凶者，喜用爻之旬空；卦之最善者，忌用爻之旬空。

巳月戊戌日（辰巳空），占求財。得益卦——

卯	巳	未	辰（沖空）	寅	子
、應	、	〃	〃世	〃	、
兄	子	才	才	兄	父

斷曰：辰土財爻持世，因值旬空，戌日沖之，謂之「沖空則起」，本日即得。果驗。應于本日者，戌日亦是財星沖我也，此沖空有用是也。

鼎升曰：

據拙作《全本校註增刪卜易．六沖章》記載：「巳月戊戌日，占財。得風雷益。辰土財爻持世，因值旬空，戌日沖空則實，本日即得。」

亥月甲子日（戌亥空），占僕何日回。得革卦——

未	酉	亥（空）	亥（伏午火才）	丑	卯
〃	、	、世	、	〃	、應
官	父	兄	兄	官	子

斷曰：伏午火財爲用神，被日月之剋。問其吉凶否？凶也。今問何日回，世空者速至；忌神旬空，旬內必到，己巳日必回。後果驗。驗于巳日者，巳火亦是財星耳，沖其飛而露其伏也。《黃金策》云「空下伏神，易于引拔①」，卽此是矣。

鼎升曰：

《增刪卜易·行人章》中原卦爲革之夬。據拙作《全本校註增刪卜易·行人章》記載：

「又如亥月甲子日，占僕人何日回？得革之夬——

地支	爻	六親
未	〃	官
酉	、	父
亥	、世	兄
亥（伏午火才）	、	兄
丑（子）（寅）	X	官
卯	、應	子

此卦若問僕人在外之吉凶者，必不歸矣。何也？午火財爻，伏而被日月之尅。今問何日可到，不以此斷，世空者速至，此人來矣，己巳日必到。應巳日者，沖空之日也，巳火又是財爻。果於巳日到。」

註釋：

①「扳」，同「拔」。

申月丁卯日（戌亥空），占見貴求財。得同人卦——

戌	、應	子
申	、	才
午	、	兄
亥空	、世	官
丑	〃	子
卯	、	父

斷曰：亥水官星持世旬空，出旬亥日必見；月建財爻生世，財利如心①。果驗。此出空待用也。

鼎升曰：

據拙作《全本校註增刪卜易．謁貴求財章》記載：「如申月丁卯日，占出行見貴。得同人。斷曰：官星持世而空，出空亥日得見官府，財利如心。果於出空之日見官。財利得意，月建財爻生世之故耳。」

註釋：

①「如心」，稱心，如意。

子月癸酉日（戌亥空），一人自占婚。得恒之鼎卦——

戌化巳	申	午	酉	亥	丑
X應	〃	、	、世	、	〃
才空	官	子	官	父	才

斷曰：世官應財，乃云「得地」。今戌土財爻旬空，化巳火回頭之生，動生不空，次日求之必允也。果于次日巳時允婚。

鼎升曰：

據拙作《全本校註增刪卜易．婚姻章》記載：「子月癸酉日，自占婚。得恒變鼎。斷曰：酉官持世，戌土財爻動而生世，又得世應相生，戌土雖值旬空，動不爲空，明日出空之日，求之必允。果於次日巳時允婚，夫婦白頭相守，兒女成行。」

午月癸丑日（寅卯空），占妻病何日愈。得萃之比卦——

父　未　〃
兄　酉　、應
子　亥　○　化申
才　卯　〃
官　巳　〃世
父　未　〃

斷曰：卯木財爻為用神，值旬空，有亥水原神相生，次日必愈。有旁人曰：卯爻旬空，宜斷卯日，何言寅日？予曰：汝不知其法。交甲寅日，卯木已出空矣，寅木亦是用星耳。果先愈一日，應甲寅日也。

鼎升曰：

據拙作《全本校註增刪卜易．增刪〈黃金策．千金賦〉章》記載：「如午月癸丑日，占妻病。得萃之比。問來人病得幾時？彼曰：自三月病起。予曰：卯木財空，明日出空，必然退災。彼曰：醫家不下藥矣。予曰：不妨。此卦亥水子孫獨發，剋去世爻之鬼，應在明日寅日，寅與亥合，合起子孫之日，爾無憂也。果於次日退災，不藥而愈。亦不獨此，又因卯木財空，次日出空而退災。」

寅月庚戌日（寅卯空），占子病何日愈。得姤之无妄卦——

父	戌	、
兄	申	、
官	午	、應
兄	酉化辰	○
子	亥化寅	○
父	丑化子	X世

斷曰：亥水子孫化寅木旬空，近病逢空即愈。但嫌亥水化寅木旬空，則不能受酉金之生，必待寅日愈。果驗。此化空出空也。

鼎升曰：

《增刪卜易．獨發章》中原卦爲連占卦之一。據拙作《全本校註增刪卜易．獨發章》記載：

「又如寅月庚戌日，占女病。

得火水未濟變水山蹇——

兄	○應	巳	官子
子	X	未	子戌
才	○	酉	才申
兄	X世	午	才申
子	○	辰	兄午
父	〃	寅	

古有以獨靜之爻而斷應期，辟如此卦，寅木獨靜，若不看用神，斷寅日生耶，斷寅日死耶？予以此卦土爲子孫，雖則休囚，得巳、午火動而生之，未土子孫化進神，辰土子孫化回頭生，許之寅日當愈。然亦不敢竟斷，命伊母再占一卦。母占女。得姤變无妄。亥水子孫化寅木空亡，近病逢空即愈，出空之日亦寅日也，與前卦相合。予曰：寅日大愈。目下病體雖重，管許無虞。果於寅日沉疴復醒。此雖應前卦一爻獨靜，必因用神之旺也，又得後卦顯然，方敢以寅日決之。」

未月庚子日（辰巳空），占求財何日到手。得小畜卦——

卯	巳	未	辰空	寅	子
、	、	〃應	、	、	、世
兄	子	才	才	兄	父

斷曰：未月持財，月內必有。今問何日到手，卦中辰土旬空，必關因所現也，斷其辰日得財。果驗。此乃捨未土之不空，而應辰土之空也。

鼎升曰：

據拙作《全本校註增刪卜易．兩現章》記載：「如未月庚子日，占求財。得風天小畜。應臨月建之財以剋世，許之必得。彼問：何日到手？予以次日辛丑，沖動未財必得，却得財於辰土出空之日。此乃舍其不空，而用旬空。」

酉月庚辰日（申酉空），占岳母近病。得師之升卦——

酉 合 空	〃應	父
亥	〃	兄
丑	〃	官
午 化 酉	✕世	才
辰	、	官
寅	〃	子

斷曰：酉金父母旬空，近病逢空即愈；日辰合之，近病逢合即死。但不宜世持忌神剋之，此病必危。問曰：危于何日？答曰：午火自化旬空，旬內不能剋之；近病逢空不死，旬內不死：乙酉日防之。果于乙酉日卯時而死矣！

酉月壬辰日（午未空），占子病。

得大過卦——

未	〃	才
酉	、	官
亥（伏午火子）	、世	父
酉	、	官
亥	、	父
丑	〃應	才

斷曰：午火子孫，伏世爻亥水之下，月建生助亥水剋之。目下用神旬空，不受其剋，甲午日難逃矣！果死于午日午時。此謂「伏無提拔」也。

子月乙巳日（寅卯空），一人占弟死太湖①，屍首可見否？得復卦——

酉	〃	子
亥（冲）	〃	才
丑	〃應	兄
辰	〃	兄
寅（空）	〃	官
子	、世	才

斷曰：凡占屍首，以鬼爻爲用神。今寅木鬼爻旬空，而亥水乃得令之水，暗動合之，明明屍首在于大水之中矣。但寅木旬空被

合，須待出旬逢沖，庚申日可見。後至庚申日不見。直至丑月甲子旬內壬申日，屍首浮起得見。此意何也？總之寅鬼出旬，而亥水太旺，交丑建丑土制水，甲子旬亥水遇空，水空者，如水退矣！木在水中，非沖不起，故驗于甲子旬壬申日也，豈非神之奇報？學者不可不深究之。

註釋：

①「太湖」，湖名。地跨江蘇、浙江二省，承受大運河和苕溪來水，主要由黃浦江泄入長江，爲我國第三大淡水湖。湖中島嶼以洞庭東山、洞庭西山、馬跡山、黿頭渚爲最著。煙波浩渺，景色多姿，自古稱勝景。

丑月甲午日（辰巳空），一人占父近病。得復之噬嗑卦——

六親	爻	地支	變
子	X	酉	化巳
才	〃	亥	
兄	X 應	丑	化酉
兄	〃	辰	
官	〃	寅	
才	、世	子	冲

斷曰：巳火父母爲用神，值旬空，日辰拱之，近病逢空不死。但不利于六合卦，六合卽死。予想用空、六合，可以相敵；獨不宜

世上忌神暗動，外卦巳酉丑合成金局，助水剋之：此病必凶。彼曰：凶在何日？答曰：己亥日剋冲巳火，巳火還在旬空不妨，恐危于出旬辛亥日也。果至其日而死。此應出旬又被冲剋也。

未月戊戌日（辰巳空），因大旱，占何日有雨。得觀卦——

卯　巳　未　卯　巳　未
、　、　〃世　〃　〃　〃應
才　官　父　才　官　父

斷曰：月建未土父母爻爲用神，日辰幇比，有雨必大。但巳火官爻爲原神，値旬空安靜，靜必待冲、空必待出旬。斷辛亥日得大雨。果至其日申酉時，得雨五寸。

未月戊戌日（辰巳空），占交疎①之人何日來。得蹇卦——

子　戌　申　申　午　辰冲起
〃　、　〃世　、　〃　〃應
子　父　兄　兄　官　父

斷曰：凡卜至交朋友，以兄弟爲用；今卜交疎之人，當以應爻爲用。今應爻旬空，得日辰冲起，必待甲辰日到。果驗。

註釋：

①「交疎」，交情淡薄。

未月甲辰日（寅卯空），卜何日有大雨。得小過之革卦——

父	戌	、、
兄	申 化酉	X
官	午	、世
兄	申	、
官	午	、、
父	辰 化卯	X應

斷曰：日辰辰土父母爻爲用神，發動，月建幇之，又値土王①用事②，其辰土旺莫勝③言，得雨決不小也。但不宜化卯木旬空、化卯木回頭之剋，雖有申化酉金進神，剋木救土，而卯木旬空，空則謂之「畏避」，避金之剋，致辰土父爻終成病于卯木也。必至甲寅旬乙卯日，卯木出空値日，謂之「出頭難避」；戌土暗動，助金剋之；而卯木已受金剋，不能爲害辰土，必待甲寅旬乙卯日有雨也。至期竟無。過立秋，辛酉日申時方雨。應于立秋後酉日

者，何也？明現申化酉，卽申月酉日也。卯木出旬値日，到底被剋不盡，交申月剋之，酉日又冲之，方始得雨。予因此卦，學問又進一層矣！

註釋：

①「王」，音wàng【望】。通「旺」。

②「用事」，當令。

③「勝」，勝過，超過。

第八問：月破之爻，欲定其破爲無用，却又應于破；欲謂之不破，却又到底破而無用。何也？

答曰：神機現于破，禍福之機在于動。動而有生無剋之破爻，有出破、填實、合破之法；安靜有剋無生之破爻，則到底破矣。

戌月丁卯日（戌亥空），占訟事。

得泰卦——

子 〃應 酉
才 〃 亥
兄 〃 丑
兄 、世 辰
官 、 寅
才 、 子

斷曰：爻逢六合，官事必審。不宜戌建沖世，乃是月破；卯日剋世，必輸無疑。果被杖責①。此應日剋、月破故耳。

鼎升曰：

據拙作《全本校註增刪卜易．六合章》記載：「又如戌月丁卯日，占訟事。得泰卦。予曰：雖係爻逢六合，不宜戌月沖世、卯日剋世，而應爻暗動，月建生之。彼之得志，官事必輸。果被杖責，卯木剋世之故耳。用神受剋，六合亦無益矣！所以凡得諸合，若世爻失陷，難以吉斷。」

註釋：

①「杖責」，以杖刑責罰。

亥月己丑日（午未空），占將來有官否？得兌之訟卦——

父	X 世	未 化戌	
兄	、	酉	
子	、	亥	
父	〃 應	丑	
才	、	卯	
官	○	巳 化寅	

斷曰：未土父母爻持世，化進神；未土雖是旬空，日辰沖之曰

實，不爲空矣。巳火官星動而生世，化出寅木長生，顯然有官。彼問：應在何年？答曰：巳年必然食祿王家①也。果于巳年得縣缺，應實破之年也。

鼎升曰：

《增刪卜易．月破章》中原卦爲連占卦之一。據拙作《全本校註增刪卜易．月破章》記載：

「如亥月己丑日，占將來有官否？得兌化訟卦。此卦官動而生世，世動化進神，顯然有官之象。但官逢月破，世遇旬空。然空者猶有日辰相沖，沖空則實，不爲空矣；而破者又無日辰動爻之生，古以『日建亦生不起』，況無動爻日建以生乎？予疑之既無所用，何故動而生世？命之再占。

又得水地比——

六親	爻	干支
才	〃應	子
兄	、	戌
子	〃	申
官	〃世	卯
父	〃	巳
兄	〃	未

斷曰：命若無官，難得官來生世及官星以持世也。今既前卦動官相

生，後得官臨世位，食祿王家，終須有日。彼問：應在何年？予曰：前卦官臨月破，定於實破之年。果於巳年承襲長房世職。若以月破百無所用，霄壤之隔也。」

註釋：

①「食祿王家」，享受朝廷俸祿。

辰月戊子日（午未空），占父近出何日回。得乾之夬卦——

戌（化未）	申	午	辰	寅	子
○世	、	、	、應	、	、
父	兄	官	父	才	子

斷曰：父母持世，破而化空化退，若執死法，其父不能歸也。莫非轉往他方也？來而復返也？予以朱雀臨爻，動而持世，卯日有信，未日必歸。果于卯日得信，乙未日到家。此應卯日得信者，破而逢合之日也；未日回家者，父化未土旬空，出空之日也。

鼎升曰：

據拙作《全本校註增刪卜易．月破章》記載：「又如辰月戊子日，占父何日回。得乾之夬。父母持世，破而化空，既無日生，又無動助，以古法斷者，『作用神而無氣』，其父不能歸也。予不以此論之，竟斷朱雀臨父，動而持世，卯日有信，午未日必歸。果於卯日得信，乙未日到家。應卯日得信者，破而逢合之日也；應未日歸者，父化未土旬空，出空之日而到也。古法退神之論，謂之『動逢月破，我位既失，化月建亦爲退之不及』，此卦父爻破而化空，竟退以歸家也。」

午月癸卯日（辰巳空），占後運功名。得艮之觀卦——

官	寅	、世	
才	子	X	化巳
兄	戌	〃	
子	申	○應	化卯
父	午	〃	
兄	辰	〃	

斷曰：寅木官星持世，申金動來剋之，今年七月必有凶非。彼曰：看因何事？答曰：應動剋世，必是仇家。又問：礙于功名否？答曰：若非子水動搖，去位①必矣！幸有子水接續相生，本云是吉，嫌破而化空，降級不免。果于七月彼此揭參②，結成大非；子月事結，降級調用。後至子年四月，原品③起用④，連官二任。

此應子水原神，初時空破無力生世，有此禍端，後至填實之年月，仍復有用之驗也。

鼎升曰：

《增刪卜易．月破章》中原卦爲連占卦之一，是《增刪卜易》作者之一李文輝先師於清聖祖康熙二十年【公元1681年，辛酉年】爲時任江寧巡撫的慕天顏所占。詳見拙作《全本校註增刪卜易．月破章》。

據拙作《全本校註增刪卜易．月破章》記載：

「又如午月癸卯日，占後運功名。得艮之觀。斷曰：寅木官星持世，被申金動而尅之，今年七月必有凶非。彼曰：看因何事？予曰：應動尅世，必是仇家。又問：礙於功名否？予曰：若非子水動搖，去位必矣！幸有子水接續相生，降級離任而不免耳。次日呼予入署，有幕客知易理而問曰：既知子水接續相生，卜書有云，『忌神與元神同動』，官與世爻得兩生也，今冬高陞之兆，如何反曰『離任』？予曰：子水破而化空，卜書有曰，『雖有如無』，『作元神而無用』。予因不依古法而斷，神兆機於動，動必有因，所以斷之降級而已。命下之日，若在冬至月者，始有此驗；倘在他月，子水而未實破，還不可知。果於七月彼此揭參，結成大非；冬至月事結，降級調用。予彼時已往他省，復來呼喚，至彼而又卜之。

寅月丙辰日，占得地澤臨——

酉　亥　丑　丑　卯　巳
〃　〃應　〃　〃　、世　、
子　才　兄　兄　官　父

予曰：聞得士民保留，恐蒙不允，必待子年仍以原品起用。向日知易幕客在座而問曰：九五亥水生官，如何不允？予曰：九五來生，今被日尅，將來子年，亥水旺於子也，又合前卦五爻之子水值太歲而不破，起用無疑。果於甲子年巳月仍以原品起用，連補兩任。卯年而開督府，予勸辭榮。公曰：何也？予曰：仍以前卦決之。向因申金尅世，子水雖動，臨破化空，不能生世生官，所以成非構怨；及至子月，雖則實破，其力尚輕，雖不至於削職，猶有降級之事；後值子年，乃實破之年也，值太歲當權，是以起用；明年辰歲，又是子水入墓之年，太歲尅去子水，申金仍復尅世，有尅無生，較昔年之禍更重。不聽。果於辰年三月條陳，四月下獄。雖留萬世芳名，而得罪解任矣！以上之辨月破者，乃因破而動也，不動勿以此斷。」

註釋：

①「去位」，離開官位；卸職。

②「揭參」，彈劾。

③「原品」，原來官職的品級。

④「起用」，重新任用已退職或黜免的官員。泛指提拔任用。

寅	、世	官
子	〃	才
戌	〃	兄
申化午	○應	子
午化辰	X	父
辰	〃	兄

寅月甲午日（辰巳空），占子病吉凶。得艮之蒙卦——

斷曰：申金子孫爲用，臨月破，不宜日建剋之、動爻剋之，又化回頭之剋，有剋無生，可急回家，汝子死矣！此人未到家，一人報曰：令郎①申時去世矣！此應填實之時，受剋而死也。

註釋：

①「令郎」，尊稱別人的兒子。

丑月庚申日（子丑空），占墳地風水。得咸卦——

未　酉　亥　申　午　辰
〃應　、　、　、世　〃　〃
父　兄　子　兄　官　父

斷曰：日辰臨青龍持世，來龍①由左而來；龍、虎皆有氣，必然環抱。苐嫌應上未土臨月破，應爲照山②；世前一位爲朝案，喜亥水得申日生之，必有朝水③：宜取水作朝④，不宜取山作向。間爻爲明堂⑤，旺相必濶大。彼曰：一一果然。葬可好否？予曰：依予取水作朝，棄山爲向，許必大發。彼果依斷。葬後卽如所言。

鼎升曰：

《增刪卜易．占地形勢章》中原卦排出六神。據拙作《全本校註增刪卜易．占地形勢章》記載：「如丑月庚申日，占地形勢。得咸卦。青龍持世，日辰臨世，來龍由左而至，旺而有氣；左右皆無傷尅，龍、虎環抱；向山未土雖臨月破，朱雀亥水爲前山，申日生之，必有朝水，或是帶水，水有其源；螣蛇爲路，上爻爲水口，俱臨月破，道路參差，水口散亂；兩間爻旺相，明堂寬大。彼曰：果一一無差。此地吉否？予曰：此乃占地穴之形勢耳，非關吉凶禍福。予笑前賢，以一卦而斷父子弟兄妻財官祿，予豈效顰耶？若問功名，再占一卦，禱於神曰：安葬此地，我名成否？以《官祿章》中斷之；發財否？以《求財章》內斷之；子孫旺否？傷尅父母兄弟妻妾否？皆在《身命章》中、《父母、兄弟章》內斷之。若以占形勢之卦兼斷六親及名利者，即如此卦，兄弟持世，乃貧乏破耗尅妻之神，況卯木財爻伏於午火之下，洩氣之木，又被金傷，勢必兼而斷者，乃傷妻死妾、尅害奴僕、貧乏艱難、無衣而乏食矣。請試思之，既得如此吉地，若使家徒壁立、抱枕孤眠，亦可謂之吉地耶？所以予得分占之法，實則可以醒世，作千古不易之法也。或曰：前說『父不宜旺』、『不宜父動化父』，是何說也？予曰：占地，以世爻子孫爻爲主，父動尅子，如何不忌？或又問曰：前說『化尅化鬼，兄弟妻子休逢』，又何說也？予曰：凡占地者，世與子孫爻旺，即可用之，至於父母兄弟妻財功名，須宜另占一卦，不可兼斷。倘若得地之凶，不待另占，即此占地之卦而先現出。六親化鬼、鬼化六親，即是刑傷之地耳，止看六親動而化尅化鬼，不必看衰旺空破刑沖。神兆機於動，動而化凶，顯然而告我也，我豈棄而不看，又另占耶？」

註釋：

①「來龍」，堪輿家謂向穴山伸展的山脈。風水學中以山勢爲龍，稱其起伏綿亘的姿態爲龍脉。

②「照山」，朝山。指龍穴前方與龍穴遙相對應的山，爲尋龍點穴的佐證。堪輿家謂朝山秀挺相向，穴氣則吉貴。又稱「朝砂」。明徐善繼《重刊人子須知資考地理心學統宗·砂法·統論朝案二山》：「夫曰朝曰案，皆穴前之山，本自有辨，不可紊而爲一也。蓋其近而小者稱案，遠而高者稱朝。謂之案者，如貴人據案處分政令之義；謂之朝者，卽賓主相對抗禮之義。故案山近小而朝山高遠也。」

③「朝水」，穴山前方深緩環遶的水流。堪輿家謂其當面朝穴，則穴氣吉貴。

④「朝」，正對某個方向。

⑤「明堂」，又稱「內陽」。堪輿家謂穴前平坦開闊、水聚之地。按照與穴場距離的近遠，分爲小明堂、中明堂（內明堂）和大明堂（外明堂）。

申月辛卯日（午未空），占買宅吉否？得革之夬卦——

官　〃　未
父　、　酉
兄　、世　亥
兄　、　亥
官　X　丑化寅
子　、應　卯

斷曰：月建生世、酉金暗動生世，但不宜化寅木子孫臨月破，又受金剋，惟防損子。彼竟得此屋，遷入不半月，其子出花①而死。後執此卦問予曰：子果死矣！此屋自後可居否？予曰：宜再卜可決。

鼎升曰：

據拙作《全本校註增刪卜易・入宅六親吉凶章》記載：「如申月辛卯日，占買宅吉否？得革之夬。斷曰：此宅宜買。申金月建生世，卯日又沖動父爻生世，許之必發，人宅相宜。獨嫌二爻鬼變子孫，須防剋子。彼曰：既防損子，買之何益？予曰：此非宅，子之故也！即使不買此宅，亦恐難保。子孫臨月破，鬼動化出，危險極矣！彼竟棄之不買。其子八月出花而死，十月，仍買此宅。」

註釋：

①「花」，天花。急性發疹性傳染病。又名痘疹、痘瘡。

第九問：用神不現，看伏神在何爻之下，得出不得出，何以論之？

答曰：伏神得出者有四。葢日月生者，日月持之者，一也；飛神生伏，動爻生者，二也；日月動爻沖剋飛神，三也；飛神空破休囚墓絕于日者，四也。此四者皆有用之伏神也。伏神不得出者亦有四。休囚無氣，日月剋者，一也；飛神旺相，日月生助飛神，剋害伏神者，二也；伏神墓絶于日月及飛爻者，三也；伏神休囚兼旬空月破者，四也。此四者，乃無用之伏神，雖有如無，終不得出。凡用神旺相，如遇旬空，出空之日則出矣。

卯月壬辰日（午未空），占候文書①何日領。得賁卦——

寅	、	官	
子	〃	才	
戌	〃	兄	應
亥	、	才	
丑	〃	兄	伏午
卯	、	官	世

斷曰：午火父母爲用神，伏于二爻丑土之下，又值旬空，許甲午日出空必領。果驗。此應出旬之日也。

鼎升曰：

據拙作《全本校註增刪卜易．飛伏神章》記載：「如卯月壬辰日，占候文書何日得領？得山火賁。午火父母爲用神，空而伏於二爻丑土之下，壓之難出，許甲午日出空必得。果得於甲午日。」

註釋：

①「文書」，公文，案卷。

辰月丁巳日（子丑空），占逃僕。

得蹇卦——

子	⺀	子
戌	丶	父
申	⺀世	兄
申	丶	兄
午伏卯	⺀	官
辰	⺀應	父

斷曰：占僕以財爻爲用神，取兌卦二爻卯木，伏于本卦二爻午火之下，午火爲飛神，卯木爲伏神。今申金持世，剋制卯木，終不能逃。但因伏去生飛，名爲「泄氣」，盜去財物，必盡費于爐火之家。許甲子日拿獲①。果于子日得信，窩賭②鐵匠之家，申時拿獲。應子日者，沖剋午火之飛神，生起卯木之伏神也。《黃金策》云「伏無提挈③終徒爾④，飛不推開亦枉然」，此卦應驗是矣。

鼎升曰：

據拙作《全本校註增刪卜易．飛伏神章》記載：「又如辰月丁巳日，占逃僕。得水山蹇。斷曰：蹇卦申金持世，尅制卯木，終不能逃。但因伏在午火之下，『伏去生飛名洩氣』，盜去財物，盡廢於爐火之家。許甲子日拿獲。果於子日得信，竊賭於鐵匠之家，申時拿獲，連鐵匠送官。夫應子日者，子水沖尅午火之飛神，生起卯木之伏神故也。《黃金策》曰『伏無提挈終徒爾，飛不摧開亦枉然』，此之謂也。予疑飛神午火即如鐵匠，伏神卯木即是逃僕，至子日沖午而刑卯，所以二人皆被杖責。」

註釋：

①「拿獲」，捉住。

②「竊賭」，聚衆或包庇賭博。

③「挈」，音qiè【竊】。提起，提携。

④「徒爾」，徒然；枉然。

酉月丙辰日（子丑空），占子病。

得升卦——

酉	〃	官
亥	〃	父
丑　伏午	〃世	才
酉	、	官
亥	、	父
丑	〃應	才

斷曰：午火子孫伏于世爻丑土之下，丑土旬空，易于引拔，許午日必愈。果驗。

鼎升曰：

據拙作《全本校註增刪卜易．飛伏神章》記載：「又如酉月丙辰日，占子病。得地風升。《黃金策》曰：『空下伏神，易於引拔。』此卦午火子孫伏於丑土之下，丑土旬空，伏神易出。許午日子孫出現必愈。果於午日起床。」

卯月丙辰日（子丑空），占父病。

得復卦——

子　酉　〃
才　亥　〃
兄　丑　〃應
兄　辰　〃
官　寅　〃　伏巳
才　子　、世

斷曰：巳火父母伏于二爻寅木之下，飛來生伏，伏遇長生，許次日愈。果驗。

鼎升曰：

《增刪卜易．飛伏神章》中原卦為連占卦之一。據拙作《全本校註增刪卜易．飛伏神章》記載：

「一日到一宅上，見醫者滿座。卯月丙辰日，占父病。得地雷復。父母用神不現，明知巳火父母伏於二爻寅木之下，旺木以生巳火，飛來生伏，必愈之症。不以此斷，令再卜之。

占得山澤損卦——

地支	爻	六親
寅	、應	官
子	、、	才
戌	、、	兄
丑	、、世	兄
卯	、	官
巳	、	父

巳火父母明現於初爻，春占木旺火相，斷之即愈。彼因病勢甚危，伊猶未決，次子又占。

得漸之巽——

地支	爻	六親
卯	、應	官
巳	、	父
未	、、	兄
申	、世	子
午（亥 才）	X	父
辰	、、	兄

予疑曰：前兩卦俱當即愈，如何此卦亥水回頭尅父母？忽而悟曰：

是也！前兩卦巳火父旺不受傷尅，乃應目前之愈；此卦亥水尅父，冬令難延。即到床前，令病人自占。

、　、應　、　、　X世　〃

此卦竟與前卦相同。再請夫人卜之，又得此卦。

、　、應　、　、　X世　〃

予連見此三卦，毛骨竦然，有神乎，無神乎？予占父，亥水回頭尅父；自占病，亥水尅世；妻占夫，亥水尅夫。三卦雷同，如一手排出，冬令之危，扁鵲亦爲難矣！予且不言，止以前卦斷目前之愈。問諸醫曰：卦中不礙，列位高見何如？曰：病勢甚險！適間公議一方，對症便好，不然只看陰功德行耳！內有一位冷笑不言，予請問姓，答曰：姓壽。因私問曰：此公之恙何如？彼曰：我可治之。不服我藥，奈何？予暗囑其子曰：太翁之恙，須用姓壽者治之。次早壽姓來謝，予問將來何如？壽曰：目下不妨，今冬難保。予曰：公言與數相合，真神醫也！果終於亥月。予之不取伏神，多占幾卦，決禍福而更穩，既知目前之生，且知將來之死，非多占之力耶？」

辰月庚申日（子丑空），占大例①桑葉價貴賤。得既濟卦——

子　戌　申　亥　丑　卯
〃應　、　〃　、世　〃　、
　　　　　午伏
兄　官　父　兄　官　子

斷曰：午火財爻爲用，伏于世爻亥水之下。申日生扶亥水，午火財爻又絕在亥，葉價主賤無疑也。旁人曰：目今現價三錢，不爲賤論。如先生之言，必以三錢價爲賤論耶？予曰：非也，目下尚早。三錢之價，人之慮貴，是年規定價②也；今問大例價，必至大市③斷之。旁人曰：大市何日貴，何日賤？答曰：交甲子旬，亥水值空，惟巳午日好賣；交甲戌旬，亥水值旬，午火財爻，永不得起，則漸漸賤矣。果驗。

鼎升曰：

據清汪曰楨《湖蠶述．稍葉》記載：「葉之輕重，率以二十斤爲一箇，南潯以東則論擔。其有則賣，不足則買，胥謂之『稍』。預立約以定價，而俟蠶畢貿絲以償者，曰『賒稍』。有先時予直，俟葉大而采之，或臨期以有易無，胥曰『現稍』。其不能者，或典衣鬻釵釧以償之，或稱貸而益之。蠶向大眠，桑葉始有市，有經紀主之，名『青桑葉行』，無牙帖、牙稅。市價早晚迥別，至貴每十箇錢至四、五緡，至賤或不值一飽。議價既定，雖黠者不容悔，公論所不予也。葉莫多于石門、桐鄉，其牙儈則集于烏鎮，買葉者以舟往，謂之『開葉船』，饒裕者亦稍以射利，謂之『作葉』，又曰『頓桑』。買葉當用十擔，先買五擔，恐蠶或不佳，不致餘葉。」「董蠡舟《樂府．稍葉》：家家門外桑陰繞，不患葉稀患地少。及時唯恐值尤昂，苦語勸郎稍欲早。我家稍時在冬月，一擔不過錢五百。迨至新年數已懸，蠶月頓增至一千。未到三眠忽復變，一錢一斤價驟賤。夫壻聞之咎阿儂，而今欲悔已無從。儂笑謂郎莫爾爾，吾家所失殊無幾。不見街頭作葉人，折閱已過大半矣！此曹平日子母權，計利析到秋毫巔。居來奇貨不肯鬻，黃金不飽貪夫腹。去有腰纏返垂橐，烏戍歸來唯一哭。」「董恂《樂府．秒葉》：樹桑牆下地不多，蠶食不足如葉何？鄰翁明日向烏戍，顧語夫壻無蹉跎。葉行早晚價不一，秒遲秒早宜猜摩。清明插柳妾曾卜，今年平穩靡有他。但願初貴後時賤，彼做葉者空婆娑。當其貴時儂有葉，牆陰屋角枝猗儺。待至蠶長葉已賤，葉船兩兩門前過。百斤亦衹值錢百，剪刀聲裏多歡歌。」

註釋：

①「大例」，常規；正常。

②「年規定價」，此處指在當年養蠶開始前，與販售桑葉者預先約定好的桑葉價格。

③「大市」，此處指在蠶大眠時才會設立的桑葉交易市場。「大眠」，蠶自出生經過四眠與四次蛻皮後吐絲作繭，蛻皮時，不食不動，呈睡眠狀態，第四次蛻皮稱大眠。

寅月戊辰日（戌亥空），占病，有何鬼神爲禍？得小畜卦——

卯 、 兄
巳 、 子
未 〃應 才
辰 、 才 （伏酉）
寅 、 兄
子 、世 父

斷曰：凡卜鬼神，以官爻爲用。今官鬼伏辰爻之下，與飛神作合，又得日辰合之。予想伏、合乃藏匿之象，酉金是正氣之神，第三爻爲房室，卽斷曰：汝家房中藏有神像作祟。彼曰：仙哉！果有觀音軸藏于厨中。後送至寺內，病卽愈。

七月庚辰日亦得此卦，予亦如前斷。彼曰：有銅達磨①祖師②在匣中。命其送于寺內，其病亦愈。

註釋：

①「達磨」，達摩。印度高僧，中國禪宗初祖。

②「祖師」，佛教、道教中創立宗派的人。

卜筮正宗卷之十三終

卜筮正宗卷之十四

古吳洞庭西山王維德洪緒著
壬午舉人弟　需遵時
吳　庠　鍾　英子燦　叅訂
男其龍雲客
謝朝柱巨材
門　人　任用淵潛菴　同較
蔡　鑑升明
男其章琢軒
後　學　李凡丁鼎升校註

第十問：進退神乃動爻變出之神也，吉凶禍福有喜忌之分。何以論之？

答曰：吉神宜于化進，忌神宜于化退。而進神之法有三。旺相者，乘勢而進，一也；休囚者，待時而進，二也；動爻變爻，有一而逢空破冲合者，待期填補合冲而進，三也。退神之法亦有三。旺相者，或有日月動爻生扶，占近事，暫時而不退者，一也；休囚者，卽時而退，二也；動爻變爻，有一而逢空破冲合者，待期填補合冲而退，三也。

鼎升曰：

原答中「而進神之法有三」，原本作「而進退之法有三」，當誤。據文意改。

申月癸卯日（辰巳空），占鄉試①。

得恒之大過卦——

戌	申（化酉）	午	酉	亥	丑
〃應	X	、	、世	、	〃
才	官	子	官	父	才

斷曰：酉金官星持世，日冲暗動，又得九五爻官化進神拱扶，不獨今秋折桂②，來春定占鰲頭③。果登鄉榜④。卽于次歲辰年聯捷⑤。蓋化進神者，今秋也，聯捷也；辰年者，冲而逢合也。

鼎升曰：

據拙作《全本校註增刪卜易．進神退神章》記載：「如申月癸卯日，占鄉試。得恒變大過。斷曰：酉金官星持世，旺相當時，卯日沖之而暗動，又得九五爻上官化進神，幫助拱扶，不獨今秋折桂，來春定占鰲頭。果得聯捷。」

註釋：

①「鄉試」，明、清兩代每三年一次在各省省城（包括京師）舉行的考試。凡本省生員與監生、蔭生、官生、貢生，經科考、錄科、錄遺考試合格者，均可應考。清朝規定，每逢子、午、卯、酉年舉行，遇慶典加科爲恩科。考期在八月，分三場。考中的稱舉人，第一名稱解元。

②「折桂」，科舉考試得中。典出《晉書・郤詵列傳》：「武帝於東堂會送，問詵曰：『卿自以爲何如？』詵對曰：『臣舉賢良對策，爲天下第一，猶桂林之一枝，崑山之片玉。』」

③「占鰲頭」，科舉時代稱狀元及第。皇宮石階前刻有鰲的頭，狀元及第時站此迎榜。清洪亮吉《北江詩話》：「又俗語謂狀元獨占鼇頭，語非盡無稽。臚傳畢，贊禮官引東班狀元、西班榜眼二人，前趨至殿陛下，迎殿試榜。抵陛，則狀元稍前，進立中陛石上，石正中鐫升龍及巨鼇，蓋警蹕出入所由，卽古所謂螭頭矣。俗語所本以此。」

④「鄉榜」，科舉鄉試的錄取名單。錄取者即舉人。

⑤「聯捷」，科舉考試中兩科或三科接連及第。「捷」，同「捷」。

酉月庚戌日（寅卯空），占何年生子。得屯之節卦——

子	〃	兄
戌	、應	官
申	〃	父
辰	〃	官
寅化卯	X世	子
子	、	兄

斷曰：寅木子孫持世化進神，寅木旬空，卯木空而且破。後至寅年卯月，妻婢連生二子。此卯木雖爲月破，得日辰合補，乃休囚待時而用也。

鼎升曰：

據拙作《全本校註增刪卜易·進神退神章》記載：「又如酉月庚戌日，占何年生子。得屯變節。寅木子孫持世而化進神，寅木旬空，卯木空而且破，許之寅卯年，實空實破，一定連生。此人年未三旬，妻無所出，婢女極多，子年占卦，及至寅、卯年，妻、婢同生，自三十一以至四十五歲，連存九子。古以『動日月而化空破，且許不進』，此卦旬空化空破，亦能進也。」

卯月乙丑日（戌亥空），一人自占求婚。得噬嗑之比卦——

巳化子	○	子
未化戌	X世	才
酉化申	○	官
辰	、、	才
寅	、、應	兄
子化未	○	父

斷曰：財爻持世化進神，巳火子孫動而生世，但因巳火化子水回頭之剋，必待午日沖去子水，此是鍋底退薪①之法也；午日又生合世爻，其婚必成。果于午日允婚。或曰：間爻酉金鬼動，豈無阻耶？予曰：月破化退神，雖有阻而無力也。

鼎升曰：

據拙作《全本校註增刪卜易．進神退神章》記載：「又如卯月乙丑日，占求婚成否？得噬嗑變比。財爻持世化進神，巳火子動而生世，但因巳火化子水回頭之尅，必待午日沖去子水，午火又合世爻，其婚必成。果於午日允婚。或曰：間爻酉金鬼動，豈無阻耶？予曰：鬼化退神，雖有破阻而無力也。此卦世爻未土，財化旬空，古以財化旬空，謂之『動日月而化空，且不能進』，況動散而化空，亦能進矣。」

註釋：

①「鍋底退薪」，把柴火從鍋底抽掉。比喻從根本上解決問題。

酉月甲辰日（寅卯空），因被論①，占自陳②如何。得師之明夷卦——

父	〃應	酉
兄	〃	亥
官	〃	丑
才	X世	午化亥
官	○	辰化丑
子	X	寅化卯

斷曰：世化回頭之剋，官星化退，子孫化進，內三爻皆非吉兆。果于次年二月拿問③。應卯月者，子孫出空，填破之月也。

鼎升曰：

據拙作《全本校註增刪卜易．進神退神章》記載：「又如酉月甲辰日，因被論，占自陳何如？斷曰：世化回頭之尅，官化退神，子孫化進神，三爻皆非吉象，大凶之兆。果於次年二月革職拿問。古以『動日月化空破，謂之「不退」』，此卦官動臨日辰；又曰『動日月化空破，謂之「不進」』，此卦子孫動休囚而化空破：進者進，而退者竟退。」

註釋：

①「論」，論罪，論處。

②「自陳」，清代考核武職官員制度和方法中的一種方式。清制，武職官員考察稱爲軍政，五年舉行一次。二品以上官員（綠營提督、總兵、八旗將軍、都統、副都統）自行陳奏，三品以下各官，分別由該管上司，將各官履歷、賢否實跡造具清冊，填註考語，徑送督撫、提督，再詳加考核，確定去留，造冊密封送部。清世宗雍正元年（公元1723年，癸卯年）規定，領侍衛內大臣、八旗都統、前鋒統領、護軍統領、副都統，皆係近御大臣，不必具疏自陳。

③「拿問」，清代官員處分的一種方式。犯有重大罪過的官員，革職後尚須逮解刑部拘押審問定擬。如京察、大計特參貪酷官員，均須革職拿問，送刑部質審。

未月丁卯日（戌亥空），占功名終得出仕①否。得同人之革卦——

戌未化　申　午　亥　丑　卯

○應　、　、　、世　〃　、

子　才　兄　官　子　父

斷曰：若以子孫動而剋官，是終身無官也。予許辰年出仕。果于辰年得選。此理何也？戌土忌神化退神，不能剋也；卯日合之，合待逢冲辰也。此是有病有醫之法也。

鼎升曰：

據拙作《全本校註增刪卜易．進神退神章》記載：「又如未月丁卯日，占功名終得出仕否？天火同人變革卦。予曰：若以古法斷者，『子孫動而尅官，終身而無官也』。予許之辰年而出仕。何也？戌土子孫雖動，幸化退神，不尅官也，辰年沖去戌土，是以許之。果於辰年得選。豈可謂之『動空化日月而不退』耶？」

註釋：

①「出仕」，做官。

第十一問：冲中逢合，合處逢冲，何以斷其吉凶？

答曰：合者，聚也；冲者，散也。冲中逢合，先散後聚，先失後得，先淡後濃。合處逢冲反是①。

註釋：

①「反是」，與此相反。

午月丙辰日（子丑空），占出外貿易如何。得恒之豫卦——

戌	〻應	才
申	〻	官
午	丶	子
酉化卯	〇世	官
亥化巳	〇	父
丑	〻	才

斷曰：世上酉金化卯木相沖，正謂反吟卦也，而卯木有沖之能，無剋之力，得日辰辰土生合世爻，此謂沖中逢合也。況變卦六合，又得戌土財爻暗動生世，此爲反吟，主反覆覓利也。果驗。

鼎升曰：

據拙作《全本校註增刪卜易．六沖章》記載：「又如午月丙辰日，占出外貿易，財喜何如？得恒之豫。世爻酉金化卯相沖，乃反吟之卦，幸辰日合之，沖中逢合，又得戌土爲財，暗動生世，雖則反復不常，却有財利。果此人去而復反者三，盡在中途發貨。前曰『爻動化沖，如逢仇敵』，乃是化回頭之尅也，此卦世爻酉金化卯沖世而不尅世，又得辰日沖動戌財生世，所以爲吉。」

戌月甲辰日（寅卯空），占借銀有否。得坤卦——

酉合	〃世	子
亥	〃	才
丑	〃	兄
卯空	〃應	官
巳	〃	父
未	〃	兄

斷曰：應落空亡，《黃金策》云：「索借者失望。」今應爻旬空，又是六冲卦，本主不肯，妙乎戌建合應生世、辰日合世，此乃冲中逢合，先難後易，去借必有。彼曰：前月去借，彼不允。今去再借允否？予曰：前月去借不允，明現六冲；今借必有，明現逢合。彼曰：應于何日有？答曰：卯木旬空，交甲寅應已出空，寅日又合亥水財爻，卽允矣。果驗。

寅月戊戌日（辰巳空），占失銀物，可復得否？得巽之訟卦——

卯	、世	兄
巳	、	子
未化午	X	才
酉化午	○應	官
亥	、	父
丑	〃	才

斷曰：卦得六冲，未土財爻化午火回頭生合，現失而復得之象。旁人曰：應持白虎金鬼，玄武臨財，難言復得。予曰：應是他人，被午火回頭剋制；財爲用神，冲中逢合，日主合世，管許必得。彼問：應于何日？答曰：巳火青龍原神旬空，其病在巳，必待乙巳日，原神出空值日，當許復得。果驗。

辰月丁酉日（辰巳空），自占婚姻成否。得否卦——

戌	、應	父
申	、	兄
午	、	官
卯	〃世	才
巳	〃	官
未	〃	父

斷曰：卦得六合，婚姻最宜。今世被日冲，應爻月破，謂之合處逢冲，總就不吉。彼曰：年庚①已經送來，筭②命又說甚佳。答曰：予屢占屢驗，故敢此斷。果于本月自得大病，未月世財亦入墓，此女病故。

鼎升曰：

原解中「斷曰」二字，原本無，據前後文意補。

註釋：

①「年庚」，此處指庚帖。舊俗訂婚時男女雙方交換的寫有姓名、生辰八字、籍貫、祖宗三代等的帖子。以其載有年庚（生辰八字），故名。也叫八字帖。

②「筭」，同「算」。

卯月乙卯日（子丑空），占謀望①求財。得旅卦——

巳 兄 、
未 子 〃
酉 才 、應 冲
申 才 、
午 兄 〃
辰 子 〃世

斷曰：此世應相生、卦逢六合，謀望本可成就，但不宜卯月、日冲應上酉金財爻，恐他人之財無緣失望耳。彼曰：有字來，約我明日去，豈有不成之理？果次日去成議；至壬戌日悔議，復不成。應次日成議者，辰日合應也；戌日復不成者，世亦逢冲，是合處逢冲也。

註釋：

①「謀望」，謀求，希望。

午月辛亥日（寅卯空），占師近病。

得節卦——

子	戌	申	丑	卯	巳冲
〃	、	〃應	〃	、	、世
兄	官	父	官	子	才

斷曰：占近病得六合卦，屢驗必死。今世上巳火財爻，日辰冲之，是合處逢冲，臨危得救。彼問：危于何日？得救何日？答曰：金庫于丑，丑日防險；甲寅日冲發應上用爻，則有救矣。果于丑日人事不知，寅日乃愈。

寅月戊辰日（戌亥空），占兄近病吉凶。得晉卦——

巳	未	酉合	卯	巳	未
、	〃	、世	〃	〃	〃應
官	父	兄	才	官	父

斷曰：酉金兄弟爲用神，日辰合之，近病不宜逢合，幸明日交卯

月節，可即愈。果驗。此亦合處逢沖也。

未月丁巳日（子丑空），占已悔婚，可復成否？得離之旅卦——

兄	巳	、世
子	未	〃
才	酉	、
官	亥	、應
子	丑	〃
父	卯化辰	○

斷曰：此卦六沖變成六合，屢驗散而又成，離而復合，又得卯木動來生世，此婚一定可成。果于次歲寅年三月復成婚。應辰月者，求婚以財爻爲用，得六沖卦，既變六合，財爻又逢合也，卯木化出之辰土，是卜時所現之機關也；寅年者，應爻暗動合沖之歲也。

鼎升曰：

據拙作《全本校註增刪卜易．六合章》記載：「如未月丁巳日，占已悔婚，還可成否？得離卦變火山旅。斷曰：此卦從來難以吉斷。因得屢驗六沖變合，散而復聚、離而必合，此婚一定還成。果於次年三月仍復成婚。」

第十二問：四生墓絶，吉凶何以斷之？

荅①曰：四生墓絶有三。生墓絶于日辰，一也；生墓絶于飛爻，二也；動而變出者，三也。忌辰長生，禍來不小；用神墓絶，有救無凶。定法如是，活變在人。

註釋：

①「荅」，同「答」。

巳月戊寅日（申酉空），占何日得財？得離之豐卦——

巳（戊化）	○世	兄
未	〻	子
酉	、	才
亥	、應	官
丑	〻	子
卯	、	父

斷曰：酉金財爻安靜，明日卯日必得。彼曰：兄弟動而持世，何以得財？荅曰：兄弟化入戊墓，不能剋也；次日用靜逢沖之日，汝不知耶？果驗。

鼎升曰：

據拙作《全本校註增刪卜易．求財章》記載：「又如巳月戊寅日，占何日得財？得離之豐。斷曰：酉金財爻不動，明日卯日沖動財爻，明日必得。彼曰：兄弟持世，如何得財？予曰：兄爻動而化墓，不尅財爻。果於次日得之。」

午月己卯日（申酉空），占妻病。

得震之豐卦——

戌	、、世	才	
申	、、	官	
午	、	子	
辰	X應	才	化亥
寅	、、	兄	
子	、	父	

一人執此卦問予曰：辰土發動，以辰土財爻爲用，化亥水乃是臨官，斷其不死。但辰土死于卯日，此卦將何斷之？還是將土死于卯，斷其必死耶？答曰：近病六沖不死。又問何日愈。予曰：辰土動來沖世，世上戌土日合，必待次日辰日，沖發世上戌土財爻即愈。果驗。

鼎升曰：

據拙作《全本校註增刪卜易．生旺墓絕章》記載：「曾於午月己卯日，占妻病。得震之豐。辰土財爻爲用神。近病逢沖即愈，許之當愈於辰日，不然酉日必愈。後因連日昏沉，竟於子日起床。許辰日愈者，辰土逢值之日也；許酉日者，辰與酉合，動而逢合之日也。今愈子日者，辰土財爻旺於子也。」

寅月戊子日（午未空），占生產①。

得剝之觀卦——

寅	、	才
子（化巳）	X世	子
戌	〃	父
卯	〃	才
巳	〃應	官
未	〃	父

斷曰：子水子孫化巳火，水絕在巳，本日巳時落草②而亡。旁有知易者曰：青龍臨子孫，如何此斷？予曰：且看驗否。後果驗。此人又問予曰：子孫值日，青龍附之，何如神斷？荅曰：日辰子孫，今日也；巳時者，今時也；落草而亡者，吉神化絕、化鬼也。

鼎升曰：

《增刪卜易．六神章》中原卦排出六神，無月建。據拙作《全本校註增刪卜易．六神章》記載：「戊子日，占生產。得山地剝變風地觀卦。子水子孫化絕、變鬼，本日落草而亡。卻是青龍臨子孫，亦可謂之

『喜』耶？」

註釋：

①「生產」，孕婦生孩子。

②「落草」，嬰兒出生。古代產婦臨產時，或坐於草蓐上分娩。

子月辛未日（戌亥空），占子病吉凶。得漸之中孚卦——

卯	巳	未	申（化丑）	午（化卯）	辰（化巳）
、應	、	〃	○世	X	X
官	父	兄	子	父	兄

斷曰：申金子孫持世，化出丑土，金庫在丑，未日沖開，又得日辰與辰土動爻生之，今日午後愈。果驗。

辰月甲寅日（子丑空），占友父病。得屯之震卦——

子	戌（化申）	申（化午）	辰	寅	子
〃	○應	X	〃	〃世	、
兄	官	父	官	子	兄

一人執此卦問予曰：申金父母爻爲用神，金絕于寅日，是絕耶？予曰：是絕也。戌土原神化申，乃化長生，生扶父母，是絕處逢生耶？予曰：是也。又問：某翁之父病重，無妨乎？荅曰：今日午時難保。彼不言而去。後果午時壽終。此人又來問予曰：絕處逢生，竟無用耶？荅曰：絕處逢生，屢試危而有救。今申金絕于寅日，不宜寅日生助午火回頭剋制；戌土生金，本云是吉，戌土乃是月破，無力生扶，雖化長生于申，申被日沖，又絕于寅日，故此凶斷。

申月丙辰日（子丑空），占弟病。

得既濟之豐卦——

兄	〃應	子
官	○	戌化申
父	X	申化午
兄	、世	亥
官	〃	丑
子	、	卯

斷曰：子水旬空，亥水不空，今捨寔①從空，以子水兄弟爲用。墓庫于日，申金原神發動，又得戌土動來反生原神，而子水雖入墓庫，不過病重。交甲子日，用神出空，沖去午火，則原神無傷，卽愈

矣。果驗。若以入庫必死，螣蛇動主死，白虎動主喪，秋令戌爻又是沐浴煞②，病人最忌，今此病不死，何也？但凡看卦，用神推尊③，有生無剋最吉，助忌傷用最凶。卦卦研究其法，爻爻精察天機④，細心變通，豈讓⑤君平⑥之卜易哉！

註釋：

①「寔」，通「實」。

②「沐浴煞」，凶神名。《卜筮全書・神殺歌例・沐浴殺》：「沐浴殺難當，春辰夏未殃，秋戌冬丑是，殺動病人亡。」

③「推尊」，推舉尊崇。

④「天機」，上天的機密。比喻極重要不可透露的機密。

⑤「讓」，同「讓」。

⑥「君平」，漢蜀郡人嚴君平，名遵，卜筮於成都市，日得百錢，足以自養，即閉肆下簾授《老子》。一生不爲官，卒年九十餘。《漢書・王貢兩龔鮑傳》：「君平卜筮於成都市，以爲『卜筮者賤業，而可以惠衆人。有邪惡非正之問，則依蓍龜爲言利害。與人子言依於孝，與人弟言依於順，與人臣言依於忠，各因勢導之以善，從吾言者，已過半矣』。裁日閱數人，得百錢足自養，則閉肆下簾而授《老子》。博覽亡不通，依老子、嚴周之指著書十餘萬言。」

申月癸丑日（寅卯空），占子在楚①生理②，何日回。得損卦——

寅	、應	官
子	〃	才
戌	〃	兄
丑 伏申	〃世	兄
卯	、	官
巳	、	父

斷曰：申金子孫，伏于世爻丑土墓庫之下，本是不宜，豈可又墓于日辰？令郎③恐有大患。彼曰：近有信至，內云八月起身，故占其來否。予曰：此卦難以斷其歸期。

註釋：

①「楚」，湖北與湖南。特指湖北。

②「生理」，生計；活計；職業；生意；買賣。

③「令郎」，尊稱別人的兒子。

乃叔曰：我來占姪在外平安否？又得无妄之頤卦——

戌	、	才
申（化子）	○	官
午（化戌）	○世	子
辰	〃	才
寅（空破）	〃	兄
子	、應	父

斷曰：前卦子孫不現、入墓，後卦現而化墓；況寅木原神乃是真破真空，並無生助；又申金月建官鬼，臨于道路發動。兩卦並看，不祥之兆也。彼曰：前日有口信來說，五月長江覆舟而死，此信已的①。聞得卦理甚明，故戲卜之耳。

註釋：

①「的」，確實；真實。

亥月丙寅日（戌亥空），嫂占姑病。

得咸之蹇卦——

未	〃應	父
酉	、	兄
亥（化申）	○	子
申（冲）	、世	兄
午	〃	官
辰	〃	父

斷曰：姑乃夫之姊妹也，以官鬼爻爲用神。今午火官爻長生于日，亥水剋之，不宜亥水自化長生，又動出申金助水來剋，此病必死。後于乙亥日卒。應乙亥日者，亥水旬空，寔空之日也。

卯月乙未日（辰巳空），姑占弟婦懷孕足月①，因有病，生產平安否。得困之坎卦——

未	酉	亥（化申）	午	辰	寅
〃	、	○應	〃	、	〃世
父	兄	子	官	父	才

斷曰：弟婦乃弟之妻也，以財爻爲用神。今寅木財爻墓庫于未日，此現在病也；亥水化申金得長生，生合財爻，脫身②平安。彼問何日產。荅曰：亥水化申，動來合世，明日必產。果次日產，母子平安。生產後，連舊病全愈③。

註釋：

①「足月」，胎兒在母體內成長的月分足夠。

②「脫身」，抽身擺脫；逃出險境。

③「全愈」，疾病治好。

巳年巳月丁卯日（戌亥空），占劾奏①他人。得旅卦——

巳	、	兄
未	〃	子
酉冲	、應	才
申	、	才
午	〃	兄
辰	〃世	子

彼曰：我欲劾奏權奸②，恐反遭其害，故占，相煩直斷。予曰：應爻酉金，若無卯日冲之，當論其長生于年、月也；今得卯冲，當以巳年、月剋論，謂之「有傷無救」，彼之權勢，自今衰矣。又問：有害于我否？荅曰：子孫持世，何害之有？果題准③究④奸。

鼎升曰：

　據拙作《全本校註增刪卜易．占面聖上書叩閽獻策條陳劾奏章》記載：「如巳年巳月丁卯日，占劾奏。得旅卦。野鶴曰：有人執此卦而問予曰：我欲劾奏權奸，恐其彼之根固，反遭其害，爾看此卦何如？予曰：彼雖蒂固根深，今已壞矣。問曰：何以知之？曰：應爻酉金，長生於巳年巳月，豈非盤根耶？今被歲、月尅之，卯日沖之，有傷無救，所以知其彼之權勢自此衰矣。又問曰：我有害否？予曰：子孫持世，何害之有？果蒙准行，奸勢敗矣。」

註釋：

①「劾奏」，向皇帝檢舉彈劾別人的罪狀。

②「權奸」，弄權作惡的奸臣。

③「題准」，上奏章請示，得到皇帝批准。「題」，題本。清代地方大員向皇帝請示或報告公務的文書。

④「究」，追究；查問。

未月戊申日（寅卯空），占因誤軍糧被參①。得豐之旅卦——

官	父	才	兄	官	子
X	〃世	、	、	〃應	○
戌化巳	申	午	亥	丑	卯化辰

斷曰：世臨日辰，月建生之，動出戌土又生，官位可保無虞②。諸人不以爲然。豈知因獲奇③功，功名仍復。一人曰：卯木子孫發動，如何無碍？予曰：木絕于日，又墓于月，如何碍之？

鼎升曰：

據拙作《全本校註增刪卜易．占防參劾慮大計及已有事尚未結案者章》記載：「如未月戊申日，占因遲誤軍糧，已被參劾。得豐之旅。斷曰：世臨日建，月建生之，動出戊官又來相生，官爵無恙。諸人不以爲然。豈知因獲奇功，保本隨至，功名仍復保全。或曰：卯木子孫發動，如何不尅官？予曰：木絕於申，所以有救。」

註釋：

①「叅」，彈劾。

②「無虞」，沒有憂患和顧慮。

③「竒」，同「奇」。

卯月壬寅日（辰巳空），占尋穴地①。得革之既濟卦——

官	〃	未
父	、	酉
兄	○世	亥化申
兄	、	亥
官	〃	丑
子	、應	卯

斷曰：世爻亥水，化申金回頭之生，雖休囚，逢生爲旺。所嫌寅日冲申，必待秋令，可得美地②。世化申生，地在西南。果于七月

得地，葬後三子皆發科甲③。一人問予曰：申金被沖，該斷巳月合之，何應申月耶？予曰：巳可合申也，而亥世逢沖，豈能就④乎？

鼎升曰：

據拙作《全本校註增刪卜易．尋地章》記載：「又如卯月壬寅日，占尋地。得澤火革變既濟。父母爲用神。申金父母回頭而生亥水，世爻雖則休囚，逢生爲旺。只嫌寅日沖去申金，必到今秋七月當令，始得其地。父臨申、酉，地在西南。所得者，乃財丁之地，至申年，龍興運至，發旺不小。世衰而化生，凶中有吉。果於七月得地於西南。卯年安葬，酉年長子登科，三男亦中武魁。」

註釋：

①「穴地」，墓穴之地；陰宅。

②「美地」，此處指風水好的墓地。

③「科甲」，漢唐取士設甲乙丙等科，後因通稱科舉；科甲出身。

④「就」，此處指尋找到風水好的墓地。

第十三問：六冲六合，何以斷之？

荅曰：人之所惡者宜冲，所好者宜合。惟占病有近病久病論：近病逢沖卽愈，久病逢沖卽死。六合反是。凡六沖卦，有日辰相合、變爻相合，謂之「沖中逢合」；凡六合卦，有日辰相沖、變爻相沖，謂之「合處逢沖」。如沖忌神合用神，名爲「去煞留恩」，般般有吉；沖用神合忌神，名爲「留煞害命」，件件皆凶。

酉月壬子日（寅卯空），占姪有事被害否。得大壯之泰卦——

兄	戌	〃	
子	申	〃	
父	午化丑	○世	
兄	辰	、	
官	寅	、	
才	子	、應	

斷曰：六沖卦，事必主散。世上午火父母爻被日辰沖之，令姪無害。彼曰：回來我自責之。後有人解散，乃叔不至責姪。此應六沖卦，又沖去忌神之驗也。

鼎升曰：

原卦中二爻「官寅」，原本作「才寅」，顯誤，據文意改；原卦中初爻「才子」，原本作「官子」，顯誤，據文意改。

據拙作《全本校註增刪卜易．六沖章》記載：「如亥月壬子日，占子遇害否？得雷天大壯變地天泰。此人之子聞傳言被人辱罵，趕去厮打，其父卜之。予曰：六沖變六合，必有人勸解。父爻持世而尅子，乃爾之責子也，不受他人之害。少刻，果有人請去論理，其子理虧，父執棍而擊之，亦被勸住，其父與子向衆賠禮而回。然厮打不成者，乃六沖之變合也；父擊子而被勸者，乃因日辰子水沖尅世爻，不能以擊子也。他書最重者，『動而逢沖曰「散」，「散」猶空也，如全無之象，縱有生扶，不可救也』。野鶴曰：此卦午火世動，冬令休囚之極，動遇子日沖之，何嘗見『散』，何嘗『全無』？世爻發動，身已動矣；父動尅子，已擊子矣。予常論之，神兆機於動，動則必驗，只看旺衰以言重輕，不可以『散而如無』也。」

巳月丁酉日（辰巳空），占文書①何日到。得乾卦——

戌	申	午	辰	寅	子
、世	、	、	、應	、	、
父	兄	官	父	才	子

斷曰：應爻旬空，日辰相合，以辰爻父母爲用，至甲辰日必到。

果驗。此六冲卦，獨合用神，乃冲中逢合也；甲辰日到者，寔空之日也。

註釋：

①「文書」，公文，案卷。

午月丙子日（申酉空），占開店。

得大壯之巽卦——

兄	X	戌	化卯
子	X	申	化巳
父	○世	午	化未
兄	、	辰	
官	、	寅	
才	○應	子	化丑

斷曰：六冲卦，變出又是六冲，不開爲上。彼曰：業已①成矣。若曰：午火月建當時，化未土作合，日冲不散，恐今冬有變。果冬底②夥計有事而止。

鼎升曰：

據拙作《全本校註增刪卜易．六沖章》記載：「又如午月丙子日，占開典鋪。得大壯變巽。斷曰：世臨午火，月建當時，日沖不散；又化未土，乃爲化合。得助得扶，堪稱吉卦。不宜六沖又變六沖，用神雖旺，必開不久。果未經一載，因財東爲事，抄沒其家，而鋪面收矣。」

註釋：

①「業已」，已經。

②「冬底」，冬末。

申月乙卯日（子丑空），一人因自及子俱被拿問。得巽之坤卦——

兄	○世	卯化酉
子	○	巳化亥
才	〃	未
官	○應	酉化卯
父	○	亥化巳
才	〃	丑

斷曰：六沖卦每事主散，但不宜又變六沖，內外爻見反吟，亂沖亂擊，世與子孫皆化剋，其象不吉。果俱受重刑①。

鼎升曰：

據拙作《全本校註增刪卜易．六沖章》記載：「如申月乙卯日，父子七人俱蒙拿問。得巽卦變坤卦。此係卦變，巽木化坤土，名爲『化去』，化去不剋，當主無妨。只因世爻變鬼，卯木化酉金，木被金傷，巳火子孫又化亥水，父子兩爻皆被其傷。六沖變沖，亂沖亂擊。果俱受刑。古法皆以『六沖卦宜於官事，喜其沖散』，然必看事之大小，又宜兼用神而言。此卦六沖變沖，亦可謂之『官事逢沖而散』耶？」

註釋：

①「重刑」，重的刑罰；加重刑罰；施以嚴刑。

未月乙亥日（申酉空），占往買賣求利。得兌之震卦——

未　酉化申　亥　丑　卯化寅　巳
〃世　○　、　〃應　○　、
父　兄　子　父　才　官

斷曰：六沖變六沖，又是卦反吟，月建當時持世，汝意必去，去必虧折。彼曰：卽日起身。予曰：反吟卦，立意①買貨貨少，更改他貨無利。又問：太平否？予曰：兌變震，有沖之力，無剋之能，平安可許。此人去買菉豆②，地頭③缺少，改買棉花，果虧折。學者當知，六沖變沖，總之吉象吉爻，得生得合，俱云「散」矣！

鼎升曰：

原卦中五爻之變爻「化申」，原本無，據文意補。

註釋：

①「立意」，決定；打定主意。

②「菉豆」，綠豆。「菉」，音lù【路】。通「綠」，綠色。

③「地頭」，當地、本地。

子月己巳日（戌亥空），占賭錢。

得坤卦——

子	酉	〃世
才	亥（空、沖）	〃
兄	丑	〃
官	卯	〃應
父	巳	〃
兄	未	〃

斷曰：世剋應爻，乃爲我勝；但不宜巳日沖動亥水，反生應爻，與世無益。此去必輸。幸六冲卦，定不終局。果輸不多，因爭錢而散。不久者，六冲也；輸不多者，空財生應也；爭財而散者，朱雀臨財暗動也。

鼎升曰：

據拙作《全本校註增刪卜易．六沖章》記載：「又如子月己巳日，占以財博藝。得坤卦。斷曰：世尅應爻，乃爲我勝，但因巳日沖動亥水之財，反生應爻，藝雖精，不能取勝。幸得卦逢六沖，必不終局。果輸不多，因他事而沖散矣。」

辰月庚午日（戌亥空），占會試①。

得觀之否卦——

才	、	卯
官	、	巳
父	X世	未 化午
才	〃	卯
官	〃	巳
父	〃應	未

斷曰：未土持世，化出日辰午火官星生合，鼎甲②在掌③。果中探花④。

鼎升曰：

《增刪卜易．六神章》中原卦排出六神。據拙作《全本校註增刪卜易．六神章》記載：「又如辰月己巳日，占會試。得觀之否。青龍加未土文章持世，動化回頭之生；日建五位作官星，共來生世：必然鼎甲傳臚。果中鼎甲。」

註釋：

①「會試」，清代科舉考試分鄉試、會試、殿試。鄉試取中者爲舉人，舉人經過磨勘

和復試後可參加會試。會試每三年一科，即在鄉試之次年，丑未辰戌年春天在禮部舉行。會試的具體時間，清初定於二月，清世宗雍正五年（公元1727年，丁未年）將入場之期改爲三月，清高宗乾隆十年（公元1745年，乙丑年）後成爲定例。會試取中者爲貢士，貢士再經復試即參加殿試。

② 「鼎甲」，科舉考試殿試名列一甲的三人，即狀元、榜眼、探花的總稱。

③ 「在掌」，在手中；有把握。

④ 「探花」，宋以後稱科舉考試中殿試一甲第三名。本於唐探花使。唐進士及第者初宴於杏園，選年紀最小者爲探花使，到宋代則稱爲探花郎。宋魏泰《東軒筆錄》：「進士及第後，例期集一月，其醵罰錢奏宴，局什物皆請同年分掌。又選最年少者二人爲探花，使賦詩，世謂之『探花郎』。」

寅月甲午日（辰巳空），占子久病。得大壯卦——

戌	〃	兄
申	〃	子
午	、世	父
辰	、	兄
寅	、	官
子 冲動	、應	才

斷曰：久病六冲卽死。今申金子孫用神月破，午火持世，日辰剋

之，本日應該見凶。而卦中有子水暗動制火，乃因機所現，今日不死；明日子水受制，忌神遇合，次日當防。果死于未日辰時。

卯月甲午日（辰巳空），占趕去寄信可遇否。得否卦——

戌　申　午　卯　巳　未
、應　、　、　〃世　〃　〃
父　兄　官　才　官　父

斷曰：卦得六合，凡事成就。但明日未時清明節，宜星夜①趕去，必會；恐交清明，月建是辰，則應被月沖，沖卽去，不能會也。果趕去寄之，次日卽開舟矣！

註釋：

①「星夜」，連夜。形容急速。

巳月甲戌日（申酉空），有同鄉人

占借貸。得復之豫卦——

酉	⚋	子
亥 破	⚋	才
丑 化午	X 應	兄
辰	⚋	兄
寅	⚋	官
子 化未	○ 世	才

斷曰：六合變六合，凡謀易就，久遠和同①。但亥水財爻月破，酉金原神旬空；世上子水財爻，化未土回頭之剋，又日辰剋、辰土暗動剋、午火生扶應爻丑土剋，剋之太過。在借銀事內，須防不測②。彼曰：昨有友人約我同去，或不允有之。予曰：那友何人？彼曰：廣東人。予正顏③止之，不從，竟去借銀，回不數里，遭其害。

註釋：

①「和同」，和睦同心。

②「不測」，意外或不能預料的禍害。

③「正顏」，態度鄭重嚴肅。

巳月甲寅日（子丑空），占延①師訓②子。得否之乾卦——

戌	申	午	卯化辰	巳化寅	未化子
、應	、	、	X世	X	X
父	兄	官	才	官	父

斷曰：以應爻爲用神，臨戌父可稱飽學③。獨嫌六合變六沖，其間恐有變局④不久。問曰：因何事耶？答曰：卦中惟初爻未土父母化子水子孫，值旬空，父動剋水，防子孫災變。後至午月，子水逢月破，其子病故，卽辭師矣。

鼎升曰：

據拙作《全本校註增刪卜易．六沖章》記載：「又有巳月甲寅日，占延師訓子。得天地否變乾卦。以應爲用神。世應相合，應臨戌父，巳月生之，可稱飽學。獨嫌卦變六沖，合而變沖，不久之兆。彼問曰：因何事而不久？予曰：子水子孫值旬空，卦中未土父動，防子孫災變。後果兩月，其子得病，辭師未久而子死矣。」

註釋：

①「延」，聘請；邀請。

②「訓」，教誨；教導。

③「飽學」，學識廣博。

④「變局」，此處指變動的局面。

第十四問：三刑六害，犯之必凶乎？

荅曰：三刑者，寅巳申三全爲刑，子卯兩遇爲刑，丑未戌三全爲刑，辰午酉亥謂之自刑。夫三刑者，用神休囚，有他爻之剋，內有兼犯三刑者，主見凶災；卦中三刑俱全不動，用神不傷損，有生扶，從無有驗。六害屢試無驗，故不録出。

寅月庚申日（子丑空），占姪孫病。得家人之離卦——

兄　卯　、

子　巳　○應　化未

才　未　X　化酉

父　亥　、

才　丑　〃世

兄　卯　、

斷曰：巳火用神月生日合，可治之症；但不宜月建寅、日建申，與巳爻會成三刑，恐危。後果死于寅日寅時。

鼎升曰：

據拙作《全本校註增刪卜易．三刑章》記載：「寅月庚申日，占子痘症。得風火家人變離卦。斷曰：巳火子孫既當春令，子孫旺相，許之可治。後死於寅日寅時。始悟月建在寅，日建在申，與巳爻子孫共作三刑。獨此一卦，無他爻之傷也。至於子卯、辰戌丑未，亦有驗者，皆附和而爲凶也。」

辰月戊午日（子丑空），占夫病。

得離之頤卦——

巳	、世	兄
未	〃	子
酉化戌	○	才
亥化辰	○應	官
丑	〃	子
卯	、	父

斷曰：亥水夫星爲用。戌土生扶酉金動來生，但不宜化入墓庫，又回頭化月建剋，又是午日，辰午酉亥自刑俱全，此病立見凶危。果本日午時死。

鼎升曰：

原解中「辰午酉亥自刑俱全」，原本作「午酉亥自刑俱全」，顯脫。據文意補。

亥月戊戌日（辰巳空），占妄近病。得巽之大有卦——

卯	巳（化未）	未（化酉）	酉	亥	丑（化子）
、世	○	X	、應	、	X
兄	子	才	官	父	才

斷曰：未土財爻爲用神，不宜化酉金官鬼，又不宜巳火原神值旬空、月破，巳火又入墓庫于日辰，又丑戌未三刑見全，全無吉兆，即日防之。果卒于本日未時。

戌月庚子日（辰巳空），占一冬生意。得賁之家人卦——

寅	子（化巳）	戌	亥	丑	卯
、	X	〃應	、	〃	、世
官	才	兄	才	兄	官

斷曰：卯木持世，月建合之、日辰生之，今冬必獲厚利。彼曰：子日與子爻刑世，有何吉耶？荅曰：凡看卦，世用推尊，生剋最重，今刑中帶生，謂之貪生忘刑。後一冬果獲大利。

鼎升曰：

原卦題中「庚子日」，原本作「庚子」，顯脫。據文意補。

第十五問：獨靜獨發，如何應驗？

荅曰：五爻俱動，惟一爻安靜，謂之獨靜；五爻安靜，惟一爻發動，謂之獨發。若卦中六爻有一爻明動，又有一爻遇日辰冲者，非云獨發也。倘六爻安靜，內有一爻日辰冲動者，亦云獨發也。然獨靜獨發，不過觀事之成敗遲速，至于凶吉，當推用神，如舍用神而決事者，迂且謬也。

午月丙午日（寅卯空），占自去尋父回。得大有之離卦——

巳	、應	官
未	〃	父
酉	、	兄
辰	、世	父
寅（化丑）	○	才
子	、	子

一友人知易，同問其父。執此卦對予曰：寅木一爻獨發，正月得見否？予曰：非也。卦中父爻持世，被寅木剋制，自身不能動，父亦不見也。欲身動見父，必待沖剋寅木之年月也。

命彼再占一卦，合決之。得革之既濟卦——

官	〃	未
父	、	酉
兄	○世	亥化申
兄	、	亥
官	〃	丑
子	、應	卯

斷曰：此卦正合前卦。前卦應沖開寅木者，申也；此卦世化申金回頭生，亦應申也。果于申年八月，尋父回家。應于申年者，前卦沖去忌神，後卦化出申金父母用神生世也。

鼎升曰：

以上二卦極似改編自《增刪卜易．獨發章》中的連占二卦。據拙作《全本校註增刪卜易．獨發章》記載：「曾於辰月甲午日，占請迎父王靈柩允否？彼有門客知易，謂寅木一爻獨發，化出丑父，乃應正月得見父靈。予曰：此隔靴而搔癢也。卦中父爻持世，俱被寅木尅制，乃身不能動，父靈亦不動也。欲身動而見父靈，必待沖開寅木之年月也。再請一卦，合而决之。巳月丁卯日，又得澤火革變既濟。予曰：此卦正與前卦相合。前卦應沖開寅木者，申也；此卦世化申金回頭生，亦應申月。世臨虎動，因喪事而行。卯日沖動九五，又來生世，今年申酉月必蒙恩允；目下月破，萬萬不能。後應申年請准，酉歲迎靈而歸。此兩卦皆是獨發，可執之耶？」

申月辛卯日（午未空），占子嗣。

得復卦——

酉 冲	〃	子
亥	〃	才
丑	〃應	兄
辰	〃	兄
寅	〃	官
子	、世	才

來占人曰：我有一子，因亂失散，今無子，特問將來有子否？斷曰：子水持世，月建作子孫生世，有子之兆。第六爻酉金子孫暗動生世，亦云獨發，在外卦動，所失之子必來之象。問曰：何時得見？予曰：明歲甲辰年與酉金相合，定得意①而歸。後果驗。此用神獨發，冲而逢合之年也。

鼎升曰：

據拙作《全本校註增刪卜易．子嗣章》記載：「申月辛卯日，占子嗣。得復。斷曰：『身帶吉而子扶，喜聞鶴和。』此卦申金月建作子孫以生世，有子之兆；上爻酉金子孫，日神沖動以生世，定有遠方之子來家之象。彼喜而曰：我於三十七歲有子，已十八矣，因亂失散，至今並無所出。予曰：恭喜，明現子從六爻動來生世，此子必歸。彼曰：何時得見？曰：明歲甲辰，與酉金相合，定然得意而歸。果於次年六月，父子相逢。」

註釋：

①「得意」，實現其志願；名利慾望得到滿足。

午月甲申日（午未空），占雨久傷麥否。得同人之革卦——

子	○應	戌	化未
才	、	申	
兄	、	午	
官	、世	亥	
子	〃	丑	
父	、	卯	

一友執此卦問予曰：戌土子孫一爻獨發，昨日丙戌日，定該天

晴，如何還雨？荅曰：爾憂麥水傷，神以子孫發動剋去世上之鬼，吽①爾勿憂，非應晴也。決不傷損。但戌土化退，不能剋盡憂心，故天還雨；必待卯日合之，則大晴耳。果驗。

鼎升曰：

據拙作《全本校註增刪卜易．獨發章》記載：「又如午月甲申日，防漲水沖去麥子，占何日晴？友人執此而問予曰：戌土子孫一爻獨發，昨日丙戌，定皆大晴，如何還雨？予曰：爾憂麥被水沖，神以子孫發動剋去身邊之鬼，叫爾勿憂，非應晴也。雖則目下未晴，決不漲水。即以此卦而決陰晴，卯日必大晴也。彼曰：何也？予曰：動而逢合之日晴，則爾無憂矣！果於卯日大晴。」

註釋：

①「吽」，同「叫」。

申月甲午日（辰巳空），占開煤窑，何時見煤。得家人之益卦——

卯	、	兄
巳	、應	子
未	〃	才
亥化辰	○	父
丑	〃世	才
卯	、	兄

斷曰：以辰土財爻爲用。此卦亥水獨發化出，明示辰月可見。果至次年清明後，始得見煤。此應獨發化出之用神也。

鼎升曰：

據拙作《全本校註增刪卜易．獨發章》記載：「又如辰月甲午日，占開煤窰。得家人變益。丑土財爻持世，午日生之，許其可開。問應何時見煤？予曰：丑土財靜，未月沖開，應在六月。及至六月，竟不見煤。歇而開，開而歇，未年占卦，至亥年辰月始得見煤。此乃應於獨發，亥水化辰土，年月俱應。斷卦之時，誰敢以亥年辰月而斷耶？」

寅月庚戌日（寅卯空），占女病。

得未濟之蹇卦——

兄	○應	巳化子
子	X	未化戌
才	○	酉化申
兄	X世	午化申
子	○	辰化午
父	〃	寅

此卦寅木獨靜，若不看用神，斷寅日生耶，寅日死耶？卦中土爲用神，得巳、午火動來生之，未土子孫化進神、辰土子孫化回頭相生，卦象既吉也，許之寅日愈。果驗。

鼎升曰：

《增刪卜易．獨發章》中原卦為連占卦之一。據拙作《全本校註增刪卜易．獨發章》記載：「又如寅月庚戌日，占女病。得火水未濟變水山蹇。古有以獨靜之爻而斷應期，辟如此卦，寅木獨靜，若不看用神，斷寅日生耶，斷寅日死耶？予以此卦土為子孫，雖則休囚，得巳、午火動而生之，未土子孫化進神、辰土子孫化回頭生，許之寅日當愈。然亦不敢竟斷，命伊母再占一卦。

母占女。得姤變无妄——

六親	地支	爻	世應	變爻
父	戌	、		
兄	申	、		
官	午	、	應	
兄	酉	○		父辰
子	亥	○		才寅
父	丑	X	世	子子

亥水子孫化寅木空亡，近病逢空即愈，出空之日亦寅日也，與前卦相合。予曰：寅日大愈。目下病體雖重，管許無虞。果於寅日沉疴復醒。此雖應前卦一爻獨靜，必因用神之旺也，又得後卦顯然，方敢以寅日決之。」

寅月甲辰日（寅卯空），占父遠出何日回。得遁之歸妹卦——

父 ○ 戌化戌
兄 ○應 申化申
官 、 午
兄 ○ 申化丑
官 X世 午化卯
父 X 辰化巳

斷曰：外卦伏吟，在外有憂愁之象。彼曰：無害否？荅曰：內卦辰土父母，化巳火回頭之生，世爻午火化卯木助火生之，並無有害。第四爻午火獨靜，五月必歸也。後三四月，乃父在湖廣①生理，不料省城兵亂，五月方歸。

註釋：

①「湖廣」，通常是指湖北、湖南兩省，又稱兩湖。

第十六問：卦得盡靜盡發者，何以斷之？

荅曰：六爻安靜，無日主冲爻者，謂之盡靜；六爻俱動者，謂之盡發。盡靜者，如春花之含蕋①，人未見其妙，一沾雨露，油然②漸放矣；盡發者，如百卉齊放，人多見其豔，一遇狂風，翻然③而損矣。

故靜者恒美，動者常咎。

註釋：

①「蓝」，同「蕊」。

②「油然」，自然而然。

③「翻然」，忽然改變。

午月庚辰日（申酉空），占僕近出何日回。得離卦——

巳	未	酉（合、空）	亥	丑	卯
、世	〃	、	、應	〃	、
兄	子	才	官	子	父

斷曰：酉金財爻爲用，月剋日生，似可相敵，並無生剋。一卦之中，惟酉金用神旬空日合，神機現此。但旬空必待出旬，合空雖有半用，須待沖發。交小暑節辛卯日，則酉金值旬不空，沖發必至。果于辛卯日來家。此應靜而逢沖也、合而逢沖也、空待出空也。

辰月己卯日（申酉空），占今日有人還銀否。得坤卦——

子	〃世	酉空
才	〃	亥
兄	〃	丑
官	〃應	卯
父	〃	巳
兄	〃	未

斷曰：酉金原神旬空，日辰冲之，靜而逢冲曰「起」，況日辰臨應冲世，彼必今日巳時送還也。果于本日巳時還一半，乙酉日巳時還清。一半者，靜空冲起，有一半之力，而財亦有一半也；乙酉日還清者，已經冲起之神值日，是財之原神填足矣！子孫喜悅之星，還清豈不喜悅耶？

子月壬申日（戌亥空），占父在亂軍中吉凶。得大畜之萃卦——

官	○	寅化未
才	X應	子化酉
兄	X	戌化亥
兄	○	辰化卯
官	○世	寅化巳
才	○	子化未

斷曰：六爻亂動，正亂軍中象也。以化出巳火父母爻爲用，月建剋之，寅木原神又被日辰沖剋，恐性命難保。後果死無踪跡。

辰月甲子日（戌亥空），占造墳葬親。得乾之坤卦——

六親	爻	卦爻	世應
父	○世	戌化酉	世
兄	○	申化亥	
官	○	午化丑	
父	○應	辰化卯	應
才	○	寅化巳	
子	○	子化未	

斷曰：此卦甚凶，不必細論。彼曰：墳已造成，卽候開金井①落葬，卜之以決吾房②安否。予力止之曰：不可葬！正論之間，有人來報曰：穴場③下，俱是斗大石塊，不計其數，並無點穴④之處。後有地師⑤看之，則曰：背水走石⑥，不成墳地也。

註釋：

①「金井」，此處指墓穴。

②「房」，宗族分支。

③「穴場」，穴所在之處，包括穴與穴的外圍。

④「點穴」，堪輿家擇定龍脈蓄聚融結（卽結穴）處作立宅或安墳之所。

⑤「地師」，風水師；堪輿家。

⑥「背水走石」，砂飛水背。砂與水不是有情向穴，而是生氣蕩散不聚。

第十七問：用神多現，何以取之？

答曰：予屢驗者，舍其閑爻，而用持世；舍其無權，而用月日；舍其安靜，而用動搖；舍其不破，而用月破；舍其不空，而用旬空。天機盡泄于有病之間，斷法總在于藥醫之處。

未月庚子日（辰巳空），占求財。

得小畜卦——

兄 卯 、
子 巳空 、
才 未 〃應
才 辰空 、
兄 寅 、
父 子 、世

斷曰：未土月建爲用，何以辰土旬空？空必關因。竟斷月內辰日得財。果甲辰日巳時到手。此應出空之日、時也，正是舍其不空而用空也。

鼎升曰：

據拙作《全本校註增刪卜易・兩現章》記載：「如未月庚子日，占求財。得風天小畜。應臨月建之財以尅世，許之必得。彼問：何日到手？予以次日辛丑，沖動未財必得。却得財於辰土出空之日。此乃舍其不空，而用旬空。」

未月甲午日（辰巳空），占自陞遷。得師之渙卦——

六親	爻	地支
父	X應	酉化卯
兄	X	亥化巳
官	〃	丑破
才	〃世	午
官	丶	辰空
子	〃	寅

斷曰：日辰世爻極旺，得月建作官星合世，但卦中兩現官星，一空一破，將何爻爲用？斷其何年陞遷？則曰：今歲是卯年，來歲辰年，必以辰爻爲用，來歲可陞。但外卦反吟，常得驗者，去而復來。果辰年調至河南，五月又調回，十月開督府①。一年兩調一陞，皆應辰空之年也。

鼎升曰：

《增刪卜易・兩現章》中原卦是《增刪卜易》作者之一李文輝先師於

清聖祖康熙二十五年【公元1686年，丙寅年】爲時任偏沅巡撫的丁思孔所占。詳見拙作《全本校註增刪卜易》。

據拙作《全本校註增刪卜易．兩現章》記載：「如未月甲午日，占陞遷。得師之渙。斷曰：世爻極旺，既臨日建，又得月令作官星而合世，但卦中兩現官星，一空一破，至辰年，辰土之官而出空，一定高擢。然反吟於外卦，常得驗者，去而復來。寅年占，果於辰年調煩於河南，五月因他故，又調回楚，十月而開督府。一年兩調一陞，皆應實空之年也。」

註釋：

①「開督府」，清代特指任總督者自選僚屬開設府署。總督一般爲正二品官員，亦有從一品或正一品官員，轄一省至三省，一般轄兩省。另有河道總督、漕運總督等。

亥月丙午日（寅卯空），占子何日脫難①。得豫之歸妹卦——

戌　申　午　卯　巳化卯　未化巳
〃　〃　、應　〃　X　X世
才　官　子　兄　子破　才

斷曰：卦中子孫三現，俱生世爻，是必脫厄。日建午爻安靜，兩爻巳火月破，許巳年脫厄。果驗。此乃用神多現，而用月破，驗在有病之爻、寔破之年也。

鼎升曰：

據拙作《全本校註增刪卜易．兩現章》記載：「又如亥月丙午日，母占子何時脫厄？得豫之歸妹。予見卦中子孫三現，俱生世爻，午逢日建而靜，兩爻巳火逢月破，許巳年脫厄，乃實破之年也。果脫厄於巳年。此乃卦中用神三現，而用月破也。野鶴曰：予竟以月破而斷年者，非關此一卦也。因此位老夫人之長公携印棄封疆而歸，本人自身占過，申金子孫發動，動而逢合，乃應巳年；弟又占兄，申金兄動亦應巳年；此卦巳火子孫回頭生世，雖逢月破，合前二卦，故敢竟許巳年。所以卜易者，一則全在靈機達變，二則卦要留神記之，若不留心記得前卦，此卦午火日建生世，何不許其午年？況午歲又是合世之年，何敢許其巳年？許巳年者，因合前卦而斷也。」

註釋：

①「脫難」，脫離患難。

未月丁丑日（申酉空），占子久出何日回。得鼎之需卦——

巳化子　○　兄
未化戌　X應　子
酉化申　○　才
酉　、　才
亥　、世　官
丑化子　X　子

斷曰：未土化進神，日辰冲之；丑土化子水合住；巳火原神動來生用，化子水回頭剋制。目下不來。問曰：終須來否？荅曰：午年必來。果于午年午月到家。應午年、月者，未土動而日冲，是動冲逢合之年、月也；丑土化子水合，合要冲開之年、月也；巳火化子水之剋，冲去子水，是去煞留恩也。

鼎升曰：

本卦極似改編自《增刪卜易．行人章》中的一卦。據拙作《全本校註增刪卜易．行人章》記載：

「又如未月丁丑日，占父何月來？得大有之井——

巳（化子，子）	未（化戌，父）	酉（化申，兄）	辰	寅	子（化丑，父）
○應	X	○	、世	、	○
官	父	兄	父	才	子

辰年占父何時來。斷曰：初爻丑土父，與子作合不來；五爻未土父化進神，不來。彼曰：終須來否？予曰：午年必來。果於午年戌月到。應午年者，未爻父動，午歲合之，動而逢合之年也；又因初爻子與丑合，合要沖開，午年以沖開也。」

寅月癸亥日（子丑空），占子嗣多否。得坤之艮卦——

酉（化寅）	亥	丑	卯（化申）	巳	未
X世	〃	〃	X應	〃	〃
子	才	兄	官	父	兄

彼曰：婢妾三四，在三五年內，生者生、死者死，子有九人，並

無一存。今後可有子否？予曰：子化鬼、鬼化子，不但狼籍①，後難許有。果無子，以姪爲嗣②。

鼎升曰：

據拙作《全本校註增刪卜易．兩現章》記載：「即如寅月癸亥日，占子嗣多少。得坤之艮。斷曰：鬼變子孫、子孫變鬼，有一而遇者，皆無子也，此卦兩現無子之兆。彼曰：少年艱於子嗣，自五旬之外，連得四子，長子已六歲矣。予曰：依此卦象，恐俱難存。彼甚不悅。豈知婢妾極多，三五年內，生者生而死者死，生過九子，並無一存。臨終過侄立嗣，承襲世職。」

註釋：

①「狼籍」，散亂不整，敗壞不堪。

②「嗣」，繼承人。

第十八問：卜者誠心，斷者精明，亦有不驗。何也？

答曰：此其故在卜者，而不在斷者。乃卜者之意雖誠，或密事難以語人，或問此而意別有在也，所以有不驗之故耳。

酉月戊申日（寅卯空），占伯父何日回。得旅之艮卦——

巳　未　酉化戌　申　午　辰伏卯

、　〃　○應　、　〃　〃世

兄　子　才　才　兄　子

此卦若問伯父平安否，卯木父母伏而不現，被日、月、動爻剋沖，必不安矣。今問其回來否，不以此斷，只可斷用神伏藏受剋，不來。後果不來，在外平安。

鼎升曰：

據拙作《全本校註增刪卜易．行人章》記載：「如酉月戊申日，占母在外何時來？得旅之艮。此卦若問父母平安否，父母卯木，日、月、動爻沖尅，必不安矣。今問其來否，不以此斷，只可斷用神伏藏受尅而不來，六合變沖亦不來。後果不來，在外平安。」

申月乙亥日（申酉空），占家宅。

得井之節卦——

子	〃	父
戌	、世	才
申	〃	官
酉化丑	〇	官
亥	、應	父
丑化巳	X	才

斷曰：應居二爻，謂之「應飛入宅」，臨父母，必有外姓長者同居。彼曰：從無外人同舍。內卦合成官鬼局，宅內不安。彼曰：從無駁雜①。寅木兄弟月破、伏藏，官局剋之，或昆仲②家不利？彼曰：吾占家宅，卽日欲同家業師③鄉試，寔爲功名耳。予曰：功名與家宅，天遠地隔④矣！功名以官鬼爲官星，家宅以鬼爲禍害。既占功名，兄之功名不許，令業師必高中⑤也！彼曰：何以知之？答曰：官局生應，不來生世，謂之「出現無情」，與我無干⑥也。後果至八月酉金寔空之月，此人自己頭場貼出⑦，其業師中式⑧第四名。

鼎升曰：

本卦極似改編自《增刪卜易．陞選候補章》中的一卦。據拙作《全本校註增刪卜易．陞選候補章》記載：「如申月乙亥日，占缺得否？井之節。斷曰：內卦巳酉丑合成官局而生應爻，不來生世，正所謂『出現無情』，此缺不得。彼曰：如何不得？予曰：官生應爻，一定不得。後果另點他人。」

註釋：

①「駁雜」，紊亂不順；困頓坎坷。

②「昆仲」，兄弟。昆爲兄，仲爲弟。

③「業師」，授業的老師。

④「天遠地隔」，比喻差距極遠。

⑤「高中」，敬稱科舉考試考中。

⑥「干」，關聯；牽涉。

⑦「貼出」，科舉考試時，凡有夾帶、冒名頂替及試卷違式者等情節，例用藍筆書其姓名事故，貼出場門之外，擯斥不准入試。

⑧「中式」，科舉考試合格。鄉試中式者爲舉人。

未月癸亥日（子丑空），占流年①。

得艮卦——

寅	子	戌	申	午	辰
、世	〃	〃	、應	〃	〃
官	才	兄	子	父	兄

此人往軍前求名，說占流年。却不知占名以官爻爲官，最喜官星持世；占流年以鬼爻爲鬼，不宜官鬼持世。予以此理告之。彼曰：煩人援例②，不知成否？荅曰：此卦官星持世，日辰生合，業已成矣！果壬申日文書、寔收③到。應申日者，寅木官星日辰合之，合待逢沖之日也。若以流年斷之，則謬矣！

鼎升曰：

據拙作《全本校註增刪卜易·增刪〈黃金策·千金賦〉章》記載：「如未月癸亥日，占流年。得艮卦。此人已往軍前援例，故占流年，祇謂命有功名，流年必現。却不知占功名，以官爲官，最喜官星持世；占流年，以官爲鬼，不宜官鬼持世。予以此理告之。彼曰：煩人援例，不知成否？予曰：此卦官星持世，長生於亥日，業已成矣。亥水爲財，明明財旺生官。果於申日，文書、實收俱到。應申日者，寅木官星持世，靜而逢沖之日也。若以流年作鬼斷者，如天遠矣。」

註釋：

①「流年」，一年的運勢。

②「援例」，援引捐納的成例向政府交納一定的費用而取得作官的資格。

③「寔收」，官庫收納銀兩後發給的收據。

子月乙酉日（午未空），占現任吉凶。得需卦——

子	〃	才
戌	、	兄
申	〃世	子
辰	、	兄
寅	、	官
子	、應	才

此公因本省有缺①出，不便明問，故以現任吉凶而問。殊不知問缺之得否，子孫持世不得；占現任之吉凶，子孫持世則休官②。予卽問明。彼曰：占陞遷。荅曰：此缺不得。果不得，在任甚安。若以占現任之吉凶，休官必矣！豈非天淵③耶？

鼎升曰：

據拙作《全本校註增刪卜易·增刪〈黃金策·千金賦〉章》記載：

「又如子月乙酉日，占現任吉凶。得需卦。此公因本省有缺出，不便明問得否，故以現任吉凶而問，祇謂得缺，卦之必吉。殊不知《周易》之理，問缺之得否，子孫持世而不得；問現任之吉凶，子孫持世而休官。予必問明。公曰：問陞遷。予始告曰：此缺不得。果不得。若以占現任之吉凶者，休官之兆也！亦非天遠耶？」

註釋：

①「缺」，官職的空額；泛指官員的編制、職務等。

②「休官」，辭去官職。

③「天淵」，上天與深淵。比喻相距甚遠，差別極大。

午月辛丑日（辰巳空），因母病，
占問流年。得益之无妄卦——

兄	卯	、應	
子	巳	、	
才	未	X	化午
才	辰	〃世	
兄	寅	〃	
父	子	、	

如買賣人問流年，自然以財爻爲重。此卦旺財持世，未土之財化午火生合，卽許之發財。彼曰：我因老母有病，故來占之，欲占何日安否。予曰：占求財流年與母病，是天淵矣！斷曰：令堂①甲辰日危也！果驗。此應世爻辰土出旬之日也。

鼎升曰：

據拙作《全本校註增删卜易．增删〈黃金策．千金賦〉章》記載：

「又如午月辛丑日，有商人因母有病，故問流年。得益之无妄。買賣人占流年者，自然以財爻爲重。此卦旺財持世，未土之財又動，當許發財；若以問母病斷之，最忌財爻發動，財動尅母，其母死於甲辰日，應世爻辰土出空之日也。後賢凡遇卜流年月令者，先以此理曉之，兩無誤矣！此卦若以發財而斷，豈無謗耶？」

註釋：

①「令堂」，對別人母親的尊稱。

午月辛酉日（子丑空），占功名。

得萃之遁卦——

六親	地支	爻	備註
父	未	X	化戌
兄	酉	丶	應
子	亥	丶	
才	卯	X	化申　冲
官	巳	〃	世
父	未	〃	

此子十二歲，乃父命其占名。若以官爻持世，夏火當令，未土父母爻爲文章化進神，功名有望。豈知父叫子占，此心發于乃父之誠也，是父占子也，卯木不能剋父，則父動剋子也。此子未月戌日而亡。

鼎升曰：

據拙作《全本校註增刪卜易．增刪〈黃金策．千金賦〉章》記載：

「他之心事，未動念而占，我提醒他叫他占者，乃我之念也。曾有父叫子占功名。午月辛酉日，占功名。得萃變遯。此子十有一歲，父叫他占將來有功名否。若以官星持世，夏火當陽，未土父爻爲文章，父化進神，功名有望。豈知父叫子占，乃父之念也，此卦乃是父占子也。父動尅子，兄動傷妻，妻死於申月，此子未年而死。未年死子者，未土父動，值未年以傷子也；夫應七月傷妻者，卯木財爻絕於申也。」

卜筮正宗卷之十四終

附錄

王洪緒先師著述《序》

鹿永鉉初刻《永寧通書》序

聖人之教人也，曰「作善降祥，不善降殃」，休咎之來，皆人所自致，無所爲避忌，無所爲趨嚮也。迨後世有吉凶神煞、孤虛旺相之說，而陰陽始有專家條分縷晰，捴不離乎五行之尅生制化。古設爲太史之官以掌其事，厥後異人輩出，闡微發幽，確有至理，其道遂傳而不廢，雖古今讀書明理之儒，亦皆深信不疑。其所由來尚矣。故上自殿陛之建，下至蔀屋之興，塟埋造作之事，無論賢愚貴賤、大小鉅細，靡不欲蠲擇良辰，以迓景福，非其術之明效大驗有不可誣者乎？顧其中義蘊深微，番化巧變，有宜於此而不宜於彼，便於彼而不便於此者，非好學深思，得其正傳，而能神明變化於其理者，往往乖誤舛錯，貽害不淺，差之毫釐，謬以千里，其失較甚於世之冒昧而行者，可不慎歟？洞庭王子洪緒精於卜易，其於陰陽五行之理，爛熟胷中，所纂《卜筮正宗》一書，滄州陳先生、栗園黃先生深爲賞識，亦既戶有其書，爲卜筮之正鵠矣。茲以坊賈之請，復輯《通書》四集，大要以斗首爲宗，芟其煩蕪、抉其精奧，緯以奇門諸家，而上中下元包舉條貫。凡造葬脩作，宜趨宜避；殃咎休嘉，瞭若指掌：洵日用所必需，而亦聖人前民利用之一道也。將使世之習其術者，循此可以無失，則王子之紹述前賢以嘉惠後學，其功當不在古人下矣。況五行生尅本於陰陽，陰陽之分統乎太極，太極之初始於無極，先儒若周程張朱輩，雖未明言其數，而已闡揚其理。夫形而上者謂之道，形而下者謂之術，安在數學之非即理學乎哉？因書而序之，且以質諸陳、黃兩先生，以爲何如也？時康熙歲在辛卯孟秋上瀚，文林郎知蘇州府長洲縣事之罘鹿永鉉金升氏撰。

錄自鳳梧樓藏版初刻《永寧通書》

王維德初刻《永寧通書》自序

吉凶禍福之幾，雖有數存乎其間，而理實足以制之。數不可知，而理有可循，故趨避之道，亦循乎理所當然，而數自不能違。但趨避之道，聖賢自有一定不易之理，而諸家好爲紛岐淺臆之說，在昔選擇之書，更僕未易數也；其尤著者，如造命、斗首、奇門、洪範諸家，端緒紛然，各是其說，且有自相矛盾者。予因其異而審其同，其間亦遞有師承，奇門實原於斗首、洪範，諸家又出自奇門，淵源自合，派別各殊，學者鮮能貫通其旨，採其醇而削其疵，折衷於至當不易之理，其何以闡揚先聖先賢之微意，而爲前民利用之資乎？無惑乎世之習傳循誦者，茫無指歸，妄試誤人，迨至有失，諉之命數，予甚悲之。因薈萃諸書，潛心參究，以斗首爲宗，而合以奇門、洪範諸家之旨，兼採《三台正宗》等書，爲之窮賾索隱，抉奧探微。辨之極其審，擇之極其精；繁複者刪之，疎畧者詳之；互相發明者，比而合之；枘鑿不入者，必求其至當而畫一之。務使觀者開卷瞭然，不惑於眾說、直達夫淵微，旁搜遠攬、聚精會粹，好學深思之士，自能鑒予之苦心也。其《陽宅》一卷，久爲家傳秘本，此書實造葬興作之綱領，因幷繪圖定向，勒成全書，公諸當世。凡造葬興作之大，以及日用事爲之細，趨避之理，昭揭靡遺，不惟斗首之學賴以發明，即奇門、洪範諸家，亦有所歸宿。前者《卜筮正宗》一書已梓問世，幸爲海內諸名公鑒賞，竊謂選擇之切於日用與卜筮等，予一生考訂參酌之勞，自信能補前人之所未及，秘之篋笥，所弗忍也，遂幷序而梓之，以質諸世之留心於此道者。旹康熙五十年歲次辛卯荷月朔日，林屋山人王維德洪緒氏書於鳳梧樓。

錄自鳳梧樓藏版初刻《永寧通書》

陳鵬年《林屋民風》序

太湖周五百餘里，中有峰七十二，洞庭最大。洞庭有東西兩山，東曰莫釐，西曰林屋。其間民俗淳朴，巖崖暎蔚，竹木茂美，山人王洪緒居之。洪緒深於《易》卜，以時日偵事理吉凶，其精者，往往抉先天之奧。尤好表揚人忠孝節義，嘗綴一卷，書曰《林屋民風》。自名人題咏之外，凡兩山中忠臣良將，潛德隱行，及婦女節烈、卓然有關風教者，罔不搜輯爲傳。其書上接《震澤編》、《洞庭紀勝》，旁摭郡縣志，附以近代里俗所傳。其大要歸於道揚風化、紀述見聞，益漸人以淳朴、而砥人以行誼也。皮襲美有言：「古聖王能旌夫山谷民之善者。」方今聖天子屢巡吳會，過化存神，躋民雍動。余昔承乏守土，愧未暇表章遺軼，洪緒此篇，輶軒采之，其亦稗史之一得矣。抑予考《襄陽耆舊》、《益州先賢》諸傳，其作者蓋亦留心風化之士。百世而下，讀之使人懷古情深，其功與正史互發。而今乃得之洪緒也，吾安知夫後之傳洪緒者，不目爲君平、士元之徒乎？向余稱其精日者術，合司馬季主諷人忠孝之義也。今復書此，爲《林屋民風》序。歲在癸巳仲夏既望，前姑蘇郡守長沙陳鵬年題。

錄自清刊本《林屋民風》

葉淳《林屋民風》序

具區七十二峰，而洞庭兩峯爲冣，東曰莫釐，西曰林屋。凌霄絶巘，俯視巨浸。沐日浴月，煙靄無際。遊者謂如海上三神島云。余始祖造玄公仕於吳越，樂其風土之嘉，爲置別業在洞庭。而石林公自致政後，復杖履逍遥，愛玩其勝，不忍去。以故，余子姓多散處東西兩山間，而聚於西者尤衆。余往歲扁舟過其地，與宗人尋林屋石公之勝、甪里吴猛之遺，連月不返。既而見民俗之淳樸，物産之茂美，耕讀桑麻，怡然足樂，如睹古《豳風》遺意。即晉代所稱桃源避世處，應亦不過是，意其間必有隱君子在也。訪諸父老，則言有王子洪緒氏，急欲求其人，不果。數年以來，心焉慕之。今春復續舊遊，至慈里灣，灣爲夏黄公所隱處，又名萬花谷，王子洪緒居焉。造其廬，與語，不覺膝之前於席，而後歎人之稱述洵不虚，予之相見恨已晚也。因出所著《林屋民風集》問序。展卷下，見其詳誌土風，標舉名勝，兼及山中名臣、懿德、節烈之可傳者，無不燦列。因歎此書之作，甚有裨於風教，而非世之噉名者。妃青儷白，薈雜成編，如昔人所云「吟諷銜其山川，童蒙拾其香草」已也。維持世道，不在斯歟？因泚筆以叙。時康熙癸巳春王正月下澣，玉峰葉渟淵發氏拜稿。

錄自清刊本《林屋民風》

杜學林《林屋民風集》序

姑胥，山居十之四，水居三之一。其最奇奥而擅山水之雄者，洞庭尤稱勝焉。山峙巨浸之中，民居環山之内，不下數千百家。土風樸拙，有古遺意。客歲余，因公過洞庭，訪其山川，覽其人物，吾意此山此土，庶幾有隱君子乎。適山人王子洪緒輯《林屋民風》一集，浼予一言，以弁其首。噫，《蓼莪》不再，《棠棣》無傳，《柏舟》黃鵠，絕響人間。孝悌節義之輩，吾見已罕矣，而今乃得之陬隅編戶之氓。夫習俗之移人，賢者不免；而風土之所鍾，秀靈特起。若夫林屋之間，雞犬桑麻，恍若《豳風》遺意；漁樵耕讀，儼然太古風流。民之生是山也，不事虛浮，罔知奔競，雖隸籍於吳郡，而繁華之習，爲之一變。古語云「不觀洞庭，不知山水之奇秘」，昔之人誠不余欺耳。王子固林屋山人也，陶淑於此山之風氣者有素矣，集中所輯甚詳。後之采風者，倘以是集爲闡揚之本，吾不知天下後世所以語王子者，何如也。是爲序。康熙萬壽年歲在癸巳竹醉日，盤州杜學林序。

錄自清刊本《林屋民風》

王維德《林屋民風》自序

志太湖者詳矣。蔡景東《太湖志》、王守溪《震澤編》、翁季霖《具區志》，不下數十卷。而晉唐迄至於今，名人題詠數萬言，山水之勝，爬羅剔抉，漁獵罔遺。然吾聞元氣之融，結爲山川，人居其間，得之爲俊傑。太湖諸山渺然物外，蜿蜒扶輿，磅礴鬱積，殆千尋之名材不能獨當者。而其間風俗古朴，則昔人言士好客、民可使，里無郭解、劇孟之俠，市無桑間、濮上之音，至比之圓嶠、方壺云。乃蔡、王二書闕而不詳，《具區志》網羅已富，而遺佚散棄者未易更僕數，大率於風教之事畧焉。余生長洞庭，任其湮没弗論，載心以爲耻。用是取蔡、王、翁三氏書，訂其訛、删其繁，旁摭稗史別集，補其遺佚，而婦女節烈有關風教者附見焉。年稽月考，越二十年成書。編次若干卷，蓋勤一世以盡心於此矣。抑又聞求珠者必之乎海，求玉者必之乎藍田，求賢者必之乎通邑大都。洞庭僻處一鄉，而鉅儒勝流，與夫士女之卓犖，皆可燿史策而煒彤管。雖爲湖山一隅，實小國寡民所罕及，非得山川融結之氣，而能有此乎？秦太虛云：靈氣之聚而爲寶，必先人而後物。則是書也，不敢謂有裨於風教也，庶幾補前人所未逮，不僅以志山志水，佐人遊覽之資云爾。康熙癸巳仲春朔有三日，洞庭布衣王維德洪緒氏書。

錄自清刊本《林屋民風》

王維德《外科證治全生》自序

明劉誠意伯言「藥不對證，枉死者多」，余曾祖若谷公《秘集》云「癰疽無一死證」。而諸書所載「患生何處，病屬何經」，故治乳嵒而用羚羊、犀角，治橫痃而用生地、防己，治瘰癧、惡核而用夏枯、連翹，槩不論陰虛陽實，唯憑經施治。以致乳嵒、橫痃，成功不救；瘰癧、惡核，潰久成怯：全不悔憑經之誤。夫紅癰乃陽實之證，氣血熱而毒滯；白疽乃陰虛之證，氣血寒而毒凝：二者以開腠裏爲要。腠裏一開，紅癰毒平痛止，白疽寒化血行。彼憑經而失證治者，初以爲藥之對經，而實背證也。世之患陰疽而斃命者，豈乏人乎？如以陰虛陽實分別治之，癰疽斷無死證矣！余曾祖留心此道，以臨危救活之方、太患初起立消之藥，一一筆之於書，爲傳家珍寶。余幼讀之，與世諸書治法迥別。歷證四十餘年，百治百靈，從無一失。因思癰疽憑經施治，久徧天下；分別陰陽兩治，唯余一家。特以祖遺之秘、自己臨證，竝藥到病痊之方、精製藥石之法，和盤托出，盡登是集，竝序而梓之，以質諸世之留心救人者，依方修合，依法泡製，依證用藥，庶免枉死，使天下後世，知癰疽果無死證云爾。乾隆五年歲在庚申仲春朔日，林屋王維德洪緒氏書。

錄自清刊本《外科證治全生》

王維德《外科症治全生集》自序

明劉誠意伯言：藥不對症，枉死者多。余曾祖若谷公《秘集》云：癰疽無一死症。而諸書所載：患生何處，病屬何經。故治乳岩而用羚羊、犀角，治橫痃而用生地、防己，治瘰癧、惡核而用夏枯、連翹。概不論陰虛陽實，惟多用引經之藥。以致乳岩、橫痃，患成不救；瘰癧、惡核，潰久轉怯。竟不知爲引經之藥所誤，反諉咎于白疽本不可救，不亦謬歟？夫紅癰乃陽實之症，氣血熱而毒滯；白疽乃陰虛之症，氣血寒而毒凝。二者俱以開腠理爲要。腠理開，紅癰解毒即消，白疽解寒立愈。若憑經而不辨症，藥雖對經，其實背症也。世之患陰疽而致斃者頗多，苟其陰陽別治，何至有死症乎？余曾祖留心此道，以臨危救活之方、初起立消之藥，一一筆之於書，爲傳家珍寶。余幼讀之，與世間諸書迥別。歷症四十餘年，臨危者救之，初起者消之，痛癢者止之，潰爛者斂之，百治百驗。憑經治症，天下皆然；分別陰陽，惟予一家。是以將祖遺秘術，及予臨症將藥到病癒之方，並精製藥石之法，盡登是《集》，以待世之留心救人者，依方修合，依法法製，依症用藥，庶免枉死，使天下後世，知癰疽果無死症云爾。時乾隆五年歲在庚申仲春朔日，洞庭西山王維德洪緒氏書。

錄自中國中醫藥出版社《外科症治全生集》

宋邦綏《外科證治全生》序

王洪緒先生，博古君子也，於陰陽造化之理，默契其蘊，所著《永寧通書》、《卜筮正宗》、《林屋民風》等集，久已風行海內。晚年勤於課子。琢如年兄，丁巳歲與余同捷禮闈，兹復出其《外科證治全生》示余。余素不知醫，然觀其書，係祖傳秘本，剖晰陰陽虚實之理最精且備，不用刀鍼，不施升降，對證立方，萬無一失。世之獲是書者，儻能依方修合，依證用藥，即窮荒僻壤，咸慶全生。洵乎癰疽無死證，而可以造福於無涯矣。雖然醫卜諸書，特其緒餘耳，祇以心存利濟，故亟登諸梓，以公寰宇。至其學術淵深，理趣洋溢，有未可淺窺者。唯貽厥孫謀，親承家教，當必科名接踵，甲第聯飛，明體達用，大發其英華。庶明月夜光終不掩抑，而殷殷好善之意，亦可無負也已。是爲序。乾隆五年庚申孟春，賜進士第翰林院庶吉士年眷姪宋邦綏拜撰。

錄自人民衛生出版社《外科證治全生（點校本）》

宋邦綏《外科證治全生集》序

林屋先生，博古君子也。於陰陽造化之理，默契其藴。所著《永寧通書》、《卜筮正宗》、《林屋民風》等集，久已風行海内，爲當代名公巨卿所賞鑒。晚年勤於課子，琢如年兄，丁巳歲與余同捷禮闈。茲復出其《外科證治全生集》示余。余素不知醫，然觀其書，係祖傳秘本，剖晰陰陽虚實之理最精且備，不用刀鍼，不施升降，對證立方，萬無一失。世之獲是書者，儻能依方修合，依證用藥，即窮荒僻壤，咸慶全生，洵乎癰疽無死證，而可以造福於無涯矣。雖然醫卜諸書，特其緒餘耳。祇以心存利濟，故亟登諸梓，以公寰宇。

至其學術淵深，理趣洋溢，有未可淺窺者。唯貽厥孫謀，親承家教，當必科名接踵，甲第聯飛，明體達用，大發其英華。庶明月夜光終不掩抑，而殷殷好善之意，亦可無負也已。是爲序。時乾隆五年庚申孟春，賜進士第翰林院庶吉士年眷姪宋邦綏拜撰。

錄自人民衛生出版社《外科證治全生集》

附錄

王洪緒先師傳

同郡吳縣王維德，字洪緒，自號林屋山人。曾祖字若谷，精瘍醫，維德傳其學，著《外科全生集》。謂：「癰疽無死證，癰乃陽實，氣血熱而毒滯；疽乃陰虛，氣血寒而毒凝。皆以開腠理爲要，治者但當論陰陽虛實。初起色紅爲癰，色白爲疽，截然兩途。世人以癰疽連呼並治，誤矣。」其論爲前人所未發。凡治初起以消爲貴，以托爲畏，尤戒刀鍼毒藥，與大椿說略同，醫者宗之。維德兼通陰陽家言，著《永寧通書》、《卜筮正宗》。

錄自中華書局《清史稿》，卷五百二，《列傳》二百八十九

王洪緒，號洞庭山人。善卜，決人休咎如神，著有《卜筮正宗》行世。（《道光志》）

錄自清刊本《同治蘇州府志》，卷第一百十，《藝術》二

王維德，字林洪，一字洪緒，吳縣洞庭西山人，自號定定子，世尊之曰林

屋先生。曾祖若谷留心瘍科，以效方筆之於書，以爲家寶。維德傳其學，恨生於山僻，不能偏歷通邑。偶聞有枉死者，恆痛惜不止，遂以祖遺及己所得效之方，輯爲《外科全生集》四卷梓行之。又善卜，決人休咎如神，有《卜筮正宗》行世。（《道光府志》、《外科全生集》合纂）

錄自民國刊本《民國吳縣志》，卷七十五上，《列傳·藝術》二

王維德（1669~1749），字林洪，一字洪緒，號洞庭山人，人稱林屋先生，清代吳縣洞庭西山人。家世代業醫，以外科聞名。維德通內外婦兒諸科，尤精外科瘡瘍。行醫40餘年，治效卓著，所創陽和湯、醒消丸等至今爲臨床治陰疽瘡瘍的代表方劑。晚年將祖傳效方及親治驗方，撰成《外科症治全生集》（又名《外科全生集》），爲近代外科學主外症內治一派（亦稱「全生派」）的代表作。另著有《永寧通書》、《卜筮正宗》；又編撰《林屋民風》12卷。

錄自上海古籍出版社《吳縣志》，第三十一卷，《人物》

清代名中醫王維德（1669-1749），字洪緒，一字林洪，號洞庭山人，一號定定子，人稱林屋先生。吳縣洞庭西山人。其家世代以外科聞名，曾祖若谷，以醫起家，留心瘍科，治癰疽主張論陰陽，辨虛實，並以效方筆之于書，作爲

傳家之寶。

維德自幼聰穎好學，凡星命卜筮之書，無所不覽。通曉內、外、婦、兒各科，尤長於瘍科，自恨生於山僻，不能遍治通邑之病，聽說某地有枉死於病者，常常痛惜不止。72歲時，他遂將祖傳效方，以及40餘年治病之親身經驗，輯爲《外科證治全生集》（又名《外科全生集》）4卷。王維德的《外科全生集》與明代南通陳實功的《外科正宗》、清嘉慶年間無錫高秉鈞的《瘍科心得集》，合成明清江蘇中醫外科的三大派，在中醫界有很大的影響，在中國醫學史上，分別被稱爲「全生派」、「正宗派」、「心得派」。此外，他還兼治《易》經，著有《卜筮正宗》14卷、《永寧通書》。又曾在蔡昇《太湖志》、王鏊《震澤編》、翁澍《具區志》的基礎上，撰寫了《林屋民風》12卷。

王維德臨證善辨陰陽虛實，反對那種不分寒溫，不辨陰陽虛實，只知詢知所患部位屬於何經，便循經投藥的偏向。指出癰、疽二證，截然兩途，癰發於六腑，其毒淺，多屬火毒之滯，屬陽屬實；疽發於五臟，其根深，每因寒痰之凝，陰毒深伏，屬陰屬寒，二者不可有混。因而，王氏辨證特別注重望診和審察癰疽形色、膿汁等情況，藉以辨清氣血之盛衰和毒邪之輕重。尤其是對陰證的鑒別與治療，王氏頗有獨得之秘。他不同意用「寒涼清火」之法治療陰證，強調「陽和通腠，溫補氣血」和「以消爲貴，以托爲畏」，反對「內托」和

「清火解毒」，並自創了幾個治療陰疽的名方，即溫補氣血、開腠逐毒的陽和湯，開腠理、散寒凝的陽和丸，溫散寒凝、解毒生肌的陽和解凝膏和通關竅，活血解毒的犀黃丸等，至今仍被中醫外科臨床醫生廣為運用。

錄自吳縣政協文史資料委員會《吳縣歷史名人》

王惟德，清代名醫。字洪緒，別號林屋散人，又號定定子，江蘇吳縣人。自幼承家教，繼承曾祖若谷之學，兼通內、外、婦、兒等科，尤以外科聞名。行醫四十餘年，撰有《外科證治全生集》一書（1740）。對癰疽的診治經驗頗為豐富，主張要善辨证之陰陽虛實，強調辨證論治，一反過去有些醫書所述的那種只注重根據瘡腫所生部位去診治或只是簡單地循經投藥的說法，而重視全身症狀在鑒別診斷上的意義。在治療上，也很有獨到之處，除外治法外，還重視內治，所倡用的方劑，如陽和湯等，至今仍為有價值的方劑。他所設制的方劑，所記述的外用藥製法，多出自實踐經驗，常為後世醫生所採用。他倡導「以消為貴，以托為畏」。對於膿腫的切開引流等手術療法完全持否定態度，並批判陳實功一派「盡屬劊徒」等，反映出他在學術上的局限性。

錄自人民衛生出版社《中醫大辭典》

附錄

雜錄

《林屋民風》十二卷（浙江鮑士恭家藏本）。

國朝王維德撰。維德字洪緒，吳縣人。是書成於康熙癸巳。因蔡昇《太湖志》、王鏊《震澤編》、翁澍《具區志》而廣之。林屋爲洞庭西山之別名。維德以太湖諸山，洞庭最大，故舉以名其集，而諸山則附載焉。其所採錄，賦詠居多，考證殊尠。如所載馬蹟山引《毘陵志》以證舊志之誤；津里山之一名秦履山，引《四蕃志》以證《具區志》之非，特偶然一見耳。目錄載附《見聞錄》一卷，此本無之，或偶佚歟？

錄自《四庫全書總目提要》，卷七十六，《史部》三十二，《地理類存目》五，《山川》

王維德《林屋民風》。全襲《具區志》，惟第三卷《洞庭七十二峯》是其創撰。然以一山之支嶺，配合全湖之山數，殊屬牽强。

錄自清刊本《太湖備考》，卷十四，《書目》

《外科證治全生集》不分卷：清・王維德撰。維德字洪緒，號林屋山人。吳縣人，居洞庭山。曾祖字若谷，精瘍醫。維德傳其學，著是書藏於家，爲秘本，至子琢如通籍後，始刊行於世，有乾隆庚申年自序。原分前後集，是本乃道光乙巳包氏所刊，不分卷，以論證、治法、醫方、雜證、製藥、醫案分爲六類。謝元淮序稱，與原刻先後次序有異，頭緒較爲了然。案：外科書素鮮善本，世所通行《外科正宗》一書，列證較詳，方多泛而不切，又喜用刀鍼及三品一條槍諸酷毒之藥，增病者之痛苦。吳江徐大椿批評其書，糾之甚嚴。清代治外科者，徐氏最有名而未有自著專書，維德宗旨與之相同，戒用刀鍼，慎用補托。其精言曰：以消爲貴，以托爲畏。尤致辨癰疽二證之異同，分爲一陽一陰，治法迥別。製陽和湯、陽和解凝膏以治陰證，醒消丸、蘇麝膏以治陽證，備前人所未及，選方治藥，悉由治驗心得。自云傳業三世，親歷四十餘年，癰疽原無死證，首在辨別陰陽，乃不致枉死。論皆平實，於近代外科中最爲簡明純粹之書。是本編校審當，亦最稱善本，後來屢經傳刻，皆從之。（《續修四庫全書總目提要》）

摘錄自《中國歷代名醫碑傳集・王維德》

【鳳梧樓】清康熙間吳縣人王維德（1669—1749）的室名。維德字洪緒，別號林屋山人，世業醫，精於瘍科。刻印過自撰《林屋民風》12卷《見聞錄》1卷，乾隆間刻印過自撰《外科證治全生集》6卷，自輯《柏舟彙載》2卷。

錄自《中國古籍版刻辭典（增訂本）·鳳梧樓》

徵士臨淄令王勝墓，在慈里東坟上。

錄自清刊本《林屋民風》，卷之六，《園亭·塚墓》

王勝宗，字紹先，洪武中山東臨淄縣知縣。

錄自清刊本《林屋民風》，卷之七，《科目（坊表附）·歲貢》

王勝，字紹先。少時好讀書，家貧，躬耕田間，養父母孝謹。會元明之際，海內多事，絕意仕進，家居教授子弟，謝絕賓客。洪武中，詔徵賢良方正之士，郡縣推上勝，勝固讓，郡縣固推勝。勝至京師，召入見，狀貌甚麗，上悅之，拜爲山東臨淄令。是時，臨淄薦饑，民多流亡。勝至，下令招徠之，設法賑濟，復力請當道，捐歷年租稅，民大悅。勝爲人廉靜，布衣蔬食，爲百姓倡。折獄片言，務在寬仁，然性又剛毅，不可撓屈。公卿大夫有以私事請寄者，必面斥曰：「吾布衣得官，固當奉職官下，奈何賣朝廷法乎？」終不聽。

以此大仵朝貴。乞骸骨歸。歸家，放浪山水，飲酒歌詩，以壽卒。五世孫名儒，見《孝友傳》。

錄自清刊本《林屋民風》，卷之八，《人物·循吏》

王勝，紹先。以賢良舉官臨淄知縣。據《太湖備攷》補。

錄自《民國吳縣志》，卷九，《選舉表》一

王守成，字若谷。嘉靖間貢，河南太康籍。

錄自清刊本《林屋民風》，卷之七，《科目（坊表附）·歲貢》

王守成，字若谷。少歲隨父遊洛陽，補太康邑諸生。嘉靖初貢入成均，不赴選。居家教授生徒，一時名人多出其門下。後歸洞庭，與蔡羽、陸治兄弟交最善。山中人多業賈，不事詩書，守成以文章倡率，風氣漸易。於時葉初春、秦嵩受業成進士，秦惟忠、蔡雲程、沈懋光輩俱其所造就也。守成爲人剛方正直，不苟言笑，與門弟子講解，終日不倦。工於詩文，懶自收拾，晚歲益潛心性命之學。年八十餘，無病而卒。祖勝見《循吏傳》。

錄自清刊本《林屋民風》，卷之八，《人物·文學》

先人諱名儒，字正方。少孤，性孝友，先祖妣守節五十餘年，先人事之如一日。祖妣羸病經年，先人奉侍湯藥，晨昏無間，浹月不釋衣履。家貧，自力於衣食。凡祖妣之所嗜者，謹進之。祖妣壽終，哀毀骨立，蔬食三年。既葬，廬墓哀號，聞者莫不感嘆。墓在本里，朝夕必往拜，風雨無間。時食不論果蔬，必親薦冢側，徹必泣曰：「薦如是，徹如是，思曩日親嘗甘旨時，不可得也。」年七十餘，孝思不衰，述及祖妣守節事，每爲嗚咽出涕。先伯母亦少寡無出，迎養於家，先人事之埒如慈母也。性好施與，歲祲，出粟周急，終不責償。族人中有鰥寡無告者，歲必周濟。壯歲發憤讀書，會鼎革，晦迹田園，披衣戴巾，日與詩僧韻士嘯傲山水間。好誦廿一史，老病不釋手。年七十八卒。山中人至今思之，稱道不置。予小子力衰德薄，不克表揚，附記於此，俟當世賢人君子。

錄自清刊本《林屋民風》，卷之八，《人物・孝友》

鄧氏，慈里王爾思妻，維德祖妣也。祖妣年二十四生我父正方、伯正雅，而皇祖亡，家貧窘，飲食不給，祖妣矢志守節，夜然燈紡績，每至達旦。後歲數大饑，日一粥不繼，艱苦備嘗。撫孤成立，伯正雅娶蘇氏，年十九。成婚一載，正雅公亦殀，無出，伯母慟幾絕，兩目皆瞽，終身衣麻茹素，克紹祖妣貞操。祖妣年七十一，伯母年五十九而卒，會家貧無力，不克請旌。

錄自清刊本《林屋民風》，卷之九，《人物・列女》

吾山兄弟衆多者，農工商賈，量才習業，所得錢財悉歸公所，並無私蓄。間有才能短拙，不諳生理者，必待其有子成立，始以家產均分，並無偏私。此風比户皆然也。維德幼時，族中有兄弟争產者，邀集族黨至家廟議。時先君子正方公爲族長，向其兄弟云：「倘外人欺凌汝子，而奪汝子之產以與己子，汝意何如？今汝等争奪，不過自爲子若孫計，乃欺汝父之子以富己之子，汝父安乎？否乎？汝等自問可乎？不可乎？」彼兄弟皆感泣而釋，自後傳聞一山，以爲兄弟争產之戒云。

錄自上海古籍出版社《林屋民風》，《附錄》二，《四庫全書存目叢書》所收《林屋民風》鈔錄本卷七《民風・兄弟》

附錄

鼎升卦例選

鼎升曰：

近年占卦，無論自占代占，多用手機排卦軟件，因問隨機而起，雖每卦多爲獨發，然皆有準。竊以爲銅錢外圓內方，中爲帝號，其三才名狀，暗合手機信號通天徹地，人居其中。

庚子年戊寅月壬午日（申酉空）辛亥时，占氣溶膠是否傳播新冠病毒？豐之革——

六神	六親	納甲	爻	變爻
白虎	官鬼	戊土	〃	
螣蛇	父母	申金	X世	父母 酉金
勾陳	妻財	午火	、	
朱雀	兄弟	亥水	、	
青龍	官鬼	丑土	〃應	
玄武	子孫	卯木	、	

2020年初，新冠病毒疫情爆發。占此卦時有一種傳言，新冠病毒可通過氣溶膠傳播。手機隨機起卦應之。

二爻官鬼丑土爲新冠病毒。氣溶膠是由固體或液體小質點分散並懸浮在氣體介質中形成的膠體分散體系，與具備組織、聚集、包容性質的父母爻相似，螣蛇爲變化、爲霧，取五爻父母申、酉金爲氣溶膠。

父母申金月破旬空，化父母酉金休囚旬空，申、酉金又被日建午火剋，無力；五爻爲道路，臨驛馬、申金傳送，化進，氣溶膠在空氣中分散、漂浮、傳播。

五爻的變爻父母酉金與二爻官鬼丑土半合、與戌土官鬼相害，說明氣溶膠是會附著新冠病毒的。但申、酉金無力，氣溶膠極難附著新冠病毒並傳播，除非是在特別極端的環境下。我隨即將此結論發佈到我的公眾號上。

當時國家衛健委發佈的《新型冠狀病毒感染的肺炎診療方案（試行第五版）》中，對新冠病毒傳播途徑的描述是「經呼吸道飛沫和接觸傳播是主要的傳播途徑，氣溶膠和消化道等傳播途徑尚待明確」，直至2022年，在《試行第九版》中才明確指出，「在相對封閉的環境中經氣溶膠傳播」。有醫學專家對此進行解讀，認爲「相比飛沫傳播，氣溶膠傳播病毒載量更低，傳播力也要小。氣溶膠傳播要滿足的條件是，病毒排出量多，如在醫院急診室、重症監護室等，感染患者病情嚴重時，咳嗽可能會排出較多病毒；空間密閉、狹小，在廂式電梯、洗手間、影院、飛機等不通風、空氣流動性差的場所，氣溶膠停留時間較長，周圍人被感染的風險會增大」。

庚子年辛巳月庚午日（戌亥空）乙酉时，占

去北京參加集中工作能否成行？:豐之小過——

螣蛇	官鬼	戌土	〃	
勾陳	父母	申金	〃世	
朱雀	妻財	午火	、	
青龍	兄弟	亥水	、	
玄武	官鬼	丑土	〃應	
白虎	子孫	卯木	○	官鬼 辰土

2020年5月27日，我接到某大數據分析項目的集中工作預通知，要求6月27日去北京總部報到，並告知如因疫情防控等原因無法集中，將另行安排工作方式。手機隨機起卦應之。

世爲己，被月建、日建雙雙剋制，我根本不可能動身。應爲北京，官鬼丑土臨玄武，官鬼與玄武都是疫病之象；丑土爲世之墓，但此墓之力，弱於日、月建剋制世爻的力量；初爻卯木發動，貼身剋應爻，又變出官鬼辰土白虎，辰土爲官鬼丑土之庫，子孫爲防疫，官鬼爲疫情，白虎爲凶爲猛，是疫情來勢洶洶，北京會有封控措施，總部不再要求集中工作之象。

6月5日，北京宣佈從6月6日零時起，將重大突發公共衛生事件二級應急響應下調爲三級，並相應調整相關防控策略。這意味著北京復工復產、復學復遊等措施將逐步調整完善。及至6月11日，北京新增新冠肺炎確診病例1例。而截至6月10日24時，北京已連續56天無本地報告新增確診病例。

6月12日，我再次用手機隨機起出一卦。

庚子年壬午月丙戌日（午未空）甲午时，再占去北京參加集中工作能否成行？睽之損——

、	巳火	父母	青龍
〃	未土	兄弟	玄武
〇世	酉金	子孫	白虎
〃	丑土	兄弟	螣蛇
、	卯木	官鬼	勾陳
、應	巳火	父母	朱雀

戌土 兄弟

世爻子孫酉金在午月處死地；日建戌土庫應爻父母巳火，應爻爲北京總部，無力剋合世爻。又見世爻子孫酉金發動臨白虎沖二爻官鬼卯木、變爻戌土臨日建合官鬼卯木，這也是我因疫情不動之象。結論同第一卦。

6月13日，北京新增新冠確診病例36例，陽性檢測者1例。6月16日，北京市疫情防控例行新聞發佈會宣佈：6月16日即時起，北京市突發公共衛生事件響應級別調整至二級；同時宣佈了嚴格進出京管控等相應措施。

後北京總部果然取消了此次集中工作。

壬寅年丁未月甲申日（午未空）乙亥時，占行人。節之兌——

〃	、	X應	〃	、	、世
子水	戌土	申金	丑土	卯木	巳火
兄弟	官鬼	父母	官鬼	子孫	妻財
玄武	白虎	螣蛇	勾陳	朱雀	青龍

（X應 變：亥水 兄弟）

2022年7月30日晚，在媒體上讀到美國衆議院議長佩洛西即將率領一個國會代表團訪問印太地區，對於行程中是否訪台，衆媒體猜測紛紛。手機隨機起卦，占佩洛西是否訪台，以及台海是否因此起衝突。

世爲己，應爲彼。三爻、四爻爲彼此邊界，應爻爲台灣。

父母申金在四爻應爻發動，臨螣蛇，變出兄弟亥水。父母爲舟車，申金爲傳送，螣蛇爲騰雲駕霧，兄弟爲競爭、爲爭端。幾處象合看，四爻父母就是飛機，發動後的力量洩在變出的兄弟亥水上，亥水又被日建申金來生，力量非常集中，故斷佩洛西將於8月2日丁亥日訪台。

世爻妻財巳火被日建申金合住，由於日建申金的力量大於卦中四爻申金的力量，這樣就產生兩種結果，一是四爻父母申金不再合世爻，二是四爻的變爻亥水沖不動世爻巳火，故斷此次台海不會起衝突。

7月31日上午，我以「占行人」爲題，將此卦的卦意發佈在新浪微博上。後果驗。

丙申年癸巳月丁亥日（午未空）丁未时，占

右腎哪裡去了？·姤之遯——

六神	伏神	本卦	爻	變卦
青龍		父母 戌土	、	
玄武		兄弟 申金	、	
白虎		官鬼 午火	、應	
螣蛇		兄弟 酉金	、	
勾陳	寅木 妻財	子孫 亥水	○	午火 官鬼
朱雀		父母 丑土	〃世	

2015年，安徽男子劉永偉在徐州醫學院附屬醫院做了胸腔手術，數月後在多家醫院檢查均被告知「右腎缺如」。此事一時形成網絡熱點，有懷疑主治醫師摘腎出賣的，有認爲患者右腎因傷萎縮的。我對此事亦有興趣，手機隨機起卦測之，並發到某QQ群裡與易友共同討論。

水爲腎，子孫爲器官，官鬼爲手術。二爻子孫亥水月破，化官鬼午火旬空，正應手術後「右腎缺如」之象。但日建亦爲亥，入卦，日月如天，右腎應當還在，只是暫時不知去向。

二爻臨勾陳，伏下妻財寅木，與子孫亥水六合，與變爻官鬼午火半合，合與勾陳都有收緊之意。幾處合看，可以理解爲右腎收縮隱藏，好像是「缺如」了。

數日後，官方調查報告發佈，結論是：肝臟內後方與右側膈腳間軟組織影，考慮爲外傷後右腎移位、變形、萎縮，其外側軟組織感染、竇道形成。

這正是醫學中的腎萎縮。而卦中伏神妻財寅木爲肝膽之象，伏爲隱藏之象，寅亥合木，可主拉扯、變化、掩蓋，正是右腎移位、變形、萎縮後隱藏在肝臟的後面。

戊戌年癸亥月甲辰日（寅卯空）丙子时，占女兒參加銀行面試，結果如何？未濟之解——

戊土
子孫
○應　〃　、　〃世　、　〃
巳火　未土　酉金　午火　辰土　寅木
兄弟　子孫　妻財　兄弟　子孫　父母
亥水
官鬼
玄武　白虎　螣蛇　勾陳　朱雀　青龍

易友發來一卦，戊戌年壬戌月己亥日甲戌时，大壯之謙。占其女兒參加銀行招聘筆試後，能否進入面試。我未看易友的卦，而是用手機隨機起出此卦。

父母寅木爲面試，旺相而生世；應爻爲銀行，與世爻同屬火；應爻變出戌土半合世爻午火。其女兒會進入面試。但官鬼爲功名，才是最終結果。卦中官伏世下、旺而剋世，應爻月破變日破，父母雖旺卻臨旬空。這說明進入面試沒有問題，但最終考不上。同時我還參看了時空八字，戊戌年癸亥月甲辰日丙子時，印重而官殺不透，與六爻結論一致。

斷至此，易友說，他感覺是進入調劑類型的面試，之前在網絡上填報志願的時候有個選項，「是否服從調劑？」，當時填的是服從。但易友又說，如果確實進入調劑面試，他女兒是不會去的。我斷，卦中父母爻被月合，月爲大，日爲小，如果確實進入面試，應是正常面試，絕非調劑。

後易友反饋，其女兒進入面試，非調劑性質。面試後再次反饋，沒有等到體檢通知，考銀行失敗。

己亥年甲戌月乙未日（辰巳空）乙酉时，
占競聘失敗，面臨轉崗或辭退，結果如何？
小畜之家人——

丑土
妻財
、 、 〃應 、 ○ 、世
卯木 巳火 未土 辰土 寅木 子水
兄弟 子孫 妻財 妻財 兄弟 父母
亥水 丑土
父母 妻財
玄武 白虎 螣蛇 勾陳 朱雀 青龍

弟子所在公司全員競聘，當日週五下午弟子得知沒有競聘成功，面臨轉崗或辭退。弟子問我怎麼辦？我手機隨機起卦應之。

弟子說，世爻父母子水衰，看來崗位沒了，要被辭退了。我說你的思路錯了，世爻父母子水確實衰，但並不是被辭退，因爲這只是代表現狀。我又說，你應該是要轉崗，慢的話在大約半個月後、立冬後的亥月，快的話在四天後的己亥日；新去的崗位是有同事幫你謀劃或者安排，崗位的性質與模具製造或設計有關。而之前我曾爲弟子測算運氣，就告訴過他下半年崗位要變動，和模具有關。

我給弟子講解完此卦後不到一個小時，弟子反饋，說剛剛接到電話，模具部門的經理得知競聘結果後，準備下週一戊戌日去找集團總經理，把弟子要到他的部門。我說這個反饋倒是真快，週一如果要人，那麼週二己亥日下調令就很有可能了。

之後的發展卻有點出乎意料。第二天週六丙申日上午，在模具部門經理還沒有去要人的時候，公司人事部門即口頭通知弟子轉崗到模具部門，新的崗位工資待遇基本不變。

己亥日下午，弟子告訴我，剛剛接到正式調令，通知第二天去新的崗位報到。

此卦初爻父母子水衰，是現在的崗位沒了；伏下妻財丑土被沖而出，換象到二爻兄弟寅木的變爻，二爻兄弟寅木合伏下父母亥水，父母亥水爲新的崗位；兄弟爲同事，是同事在謀劃此事。

二爻臨朱雀，朱雀爲形象；變爻妻財丑土沖四爻妻財未土，未臨螣蛇，螣蛇爲變化；丑土與未土皆爲墓庫；同時，我對弟子所在公司的組織架構也大致清楚。如此，我判斷弟子必然轉崗到模具部門。

亥日接到調令，二爻伏下父母亥水之故；模具部門經理準備要人，但未具體實施，二爻兄弟寅木入墓於日建未土之故；申日接到人事部門口頭通知，二爻臨朱雀、兄弟寅木入墓而被沖出、伏下父母亥水與變爻妻財丑土長生於日之故。

己亥年乙亥月乙卯日（子丑空）丁亥时，占摩擦。鼎之未濟——

玄武	兄弟	巳火	、	
白虎	子孫	未土	〃應	
螣蛇	妻財	酉金	、	
勾陳	妻財	酉金	○	午火 兄弟
朱雀	官鬼	亥水	、世	
青龍	子孫	丑土	〃	

有弟子問，物理現象「摩擦」，在卦中如何表示？我說應是合中逢沖，但沖的力量較小。手機隨機起卦應之。

妻財酉金爲器物，臨勾陳，有牽連之象；被父母卯木日建沖：牽連後再去沖，這就是摩擦了。妻財酉金又化出兄弟午火回頭剋，剋有損耗與阻力之象；變爻爲終；兄弟爲競爭、衝突，午火爲光爲熱爲電：摩擦後會產生光、熱和電。

《中國大百科全書》對摩擦的定義是：相互接觸的物體有相對運動或有相對運動趨勢時，在接觸處產生阻力的現象。摩擦的好處有增加阻力、發光生熱、摩擦接合；摩擦的壞處有不必要的摩擦有害、增加磨損。此卦表現的極其完美。

己丑年甲戌月壬子日（寅卯空）戊申时，射覆。離之剝——

六神	六親	納甲	爻	變爻六親	變爻納甲
白虎	兄弟	巳火	、世		
螣蛇	子孫	未土	〃		
勾陳	妻財	酉金	○	子孫	戌土
朱雀	官鬼	亥水	○應	父母	卯木
青龍	子孫	丑土	〃		
玄武	父母	卯木	○	子孫	未土

計算機軟件隨機起卦。答案是三折疊雨傘。

初爻與三爻三合成父母卯木局，父母卯木旬空，又被戌土月建合住，三合局不成。不成卽沒有使用，三合爲折疊。

妙在妻財酉金發動沖父母卯木，使三合成局。沖爲衝開、打開，也就是使用時的狀態。

再看妻財酉金變出子孫戌土，世爻兄弟巳火入子孫戌土墓。

幾處合看，可知是三折疊雨傘：兄弟爲手，世爻臨之；妻財爲器物，臨勾陳，爲傘扣；兄弟巳火半合妻財酉金，用手摁動傘扣；妻財酉金沖父母卯木局，父母爲衣物爲雨具，打開雨傘；世爻兄弟巳火半合妻財酉金，又入子孫戌土庫，妻財與子孫都是晴天之象。

乙未年己丑月壬寅日（辰巳空）庚戌时，占送禮。豫之解——

白虎		妻財	戌土	〃	
螣蛇		官鬼	申金	〃	
勾陳		子孫	午火	、應	
朱雀	妻財 辰土	兄弟	卯木	〃	
青龍		子孫	巳火	X	妻財 辰土
玄武	父母 子水	妻財	未土	〃世	

這是在某QQ群裡公開預測的一卦。

卦主述，當晚戌時去送禮，對方不在家，通了電話，對方說等回家後再聯繫。卦主手機隨機起出此卦，占當晚能否等到人，能否把禮物送出去？卦主又述，把此卦貼到群裡時，已經有了結果。

世爻妻財未土月破，又被寅木日建剋，破財之象，禮物送出去了。驗。

二爻宅爻子孫巳火旬空發動，化出妻財辰土旬空，五爻官鬼申金臨道路、驛馬暗動，與二爻子孫巳火合，起卦時對方還在路上。驗。

但是卦中二爻子孫巳火化出妻財辰土，形成了巳生辰、辰生申的路線，巳申暫時不合。戌時，戌土沖實辰土，巳火不再變化，巳申才能成合。加之我在群裡斷卦時也是戌時，兩相結合，斷戌時已經把禮物送出去了。卦主反饋，送完禮物後看錶，20:40分，戌時。

再看送什麼禮物。

初爻伏下父母子水，入二爻妻財辰土庫；五爻官鬼申金爲對方，暗動合初爻伏下的父母子水，又合二爻變出的妻財辰土。對方收下禮物，父母子水和妻財辰土爲所送的禮物。

父母子水被月建合，有包裝；月建丑土剋合父母子水，子水衰，小東西。

二爻妻財辰土臨青龍，旺於月建，貴重之物；又與三爻伏下妻財辰土換象，三爻臨朱雀，信息類；三爻兄弟爲手，手上的貴重之物。綜合判斷，是手上的，小的，能提供資訊的貴重之物。我判斷不是手錶，就是手機。卦主此時反饋是手機。

再看是什麼牌子的手機。三爻兄弟卯木在寅日，寅化卯爲進神，卯木爲將來之物，爲果木一類。流行的帶果木的手機品牌，不是小米就是蘋果；將來之物是未成之象，必有缺陷，且三爻臨朱雀口舌，應該是被咬了一口的蘋果。斷爲蘋果手機。驗。

卦主又述，也不完全是送禮，是無意中摔壞了對方的手機，這晚是買來去賠償。但這並不影響此卦的判斷。

庚子年己丑月庚午日（戌亥空）癸未时，占父親生死如何？大壯之歸妹——

六神	六親	地支	爻	變爻
螣蛇	兄弟	戌土	〃	
勾陳	子孫	申金	〃	
朱雀	父母	午火	、世	
青龍	兄弟	辰土	○	丑土 兄弟
玄武	官鬼	寅木	、	
白虎	妻財	子水	、應	

一友，楊公風水嫡傳，應邀爲福主之父建衣冠塚。

20年前，福主之父70周歲，因家庭瑣事出走，未帶任何財物與證件。福主人脈甚廣，20年來多方探尋，也未能訪到其父行蹤。

朋友想，如果其父尚存人世，修衣冠塚是否合適？遂讓福主於庚子年丁亥月壬午日乙巳时与戊申时先後搖得升之泰、節之夬兩卦，測其父生死如何。

朋友用這兩卦和我探討，我說看了也沒反饋吧，有必要麼？朋友說雖然目前不可能有準確反饋，但是兩卦結合來看，已經基本可以下結論了，且當時已知其父住所後方有一條河。我手機隨機起出此卦應之。

妻財子水應爲其父，日破臨白虎孝服之凶，入三爻發動的兄弟辰土庫，兄弟辰土化退至兄弟丑土，兄弟丑土臨月建又剋合初爻妻財子水。很明顯是人亡，入濕土淤泥之中。

再與朋友探討福主搖的兩卦，很明顯也是亡於淤泥之中。

朋友又反饋，當時同行一人通六壬，起課而占，也證實其父已亡。

我將此卦發佈到公眾號後，有讀者也用手機起卦，庚子年己丑月庚辰日，恆之小過，結論一致。

己亥年甲戌月辛巳日（申酉空）丁酉时，占精品茅臺酒何日被調包？震之豫——

六神	六親	納甲	爻	變
螣蛇	妻財	戌土	〃世	
勾陳	官鬼	申金	〃	
朱雀	子孫	午火	、	
青龍	妻財	辰土	〃應	
玄武	兄弟	寅木	〃	
白虎	父母	子水	○	妻財 未土

2019年10月11日，朋友發現辦公室內的8箱精品茅臺酒被調包，可以確定的未被調包的時間是9月5日。辦公室位於24小時開放的寫字樓上，十幾名員工共同使用，室內無監控。老闆初步判定是內盜，不願貿然報案，決定先查樓道內的監控。

茅臺酒的用神是妻財。世爲己，妻財戌土臨螣蛇怪異，是假酒；應爲人，妻財辰土臨青龍尊貴，是被調包走的真酒。

五爻官鬼申金與初爻父母子水、應爻妻財辰土三合，是嫌疑人。父母初爻臨白虎，父母、初爻、白虎都有車象，可以看作茅臺酒被用車運走，這件事後被證實。

官鬼申金旬空，被日建巳火合。巳火爲陰火，爲電，爲子孫，子孫爲剝官之神，可以類比爲監控；官鬼申金旬空可以類比爲虛的影像，也就是嫌疑人的影像。空合就是嫌疑人被監控拍到了。

至於被拍到的日期，官鬼申金靜而空、被日建巳火合，通常的取應期法，空待實、合待沖，應取寅日沖實官鬼，官鬼顯形，或取出旬後寅日，沖開巳申之合。

但此卦不同。官鬼申金旬空爲嫌疑人的影像，不需沖實或填實；巳申合爲監控拍攝到影像，不需沖開。巳火在日爲天，是更重要的應期。

我隨即告知朋友，可以先查9月26日丙寅日至9月29日己巳日的監控，但9月26日和9月29日是重點。第二天朋友告知，在9月29日己巳日凌晨的監控中，發現了嫌疑人正在作案。

嫌疑人是前員工，供述9月29日調包了4箱茅臺酒，數量最多；又供述作案時間還有9月21日和9月24日，但公司後來在這兩日的監控中未發現異常。辦公室的門鎖是密碼鎖，沒有及時更換密碼。

把應期定在9月26日丙寅日和9月29日己巳日，是因爲這兩日在甲子旬中，世爻妻財戌土旬空，空爲弄虛作假，此時的茅臺酒就是假的了。

此卦可與正文卷之十三「弟死太湖」一卦參看。

己亥年癸酉月丁卯日（戌亥空）庚戌时，占陽痿，是否家中風水有礙？訟之履——

六神	伏神	六親	納支	爻	變爻
青龍		子孫	戌土	、	
玄武		妻財	申金	、	
白虎		兄弟	午火	、世	
螣蛇	官鬼亥水	兄弟	午火	〃	
勾陳		子孫	辰土	、	
朱雀		父母	寅木	X應	兄弟巳火

我斷，家中洗手間墻上有一塊破鏡子，鏡子下的水管堵塞，是主要的風水原因。反饋是洗手間的外墻上有一塊被大面積腐蝕了的鏡子，鏡子下的熱水管不通，而發現陽痿的時間，與熱水管不通的時間幾乎一致。

卦理不述，留給讀者思考。

附錄

參考書目

一、王洪緒先師著述

王洪緒：《卜筮正宗》，金閶綠蔭堂，清乾隆五十二年，1787
王洪緒：《卜筮正宗》，京都文成堂，清光緒三十年，1904
王洪緒：《卜筮正宗》，錦章圖書局，清光緒三十一年，1905
梁正卿：《卜筮正宗評註》，【台】如意堂書店，1999
徐宇農：《白話卜正宗黃金策》，【台】宋林出版社，2000
王洪緒：《卜筮正宗》，鳳梧樓家刻本，故宮珍本叢刊，海南出版社，2000
葉柏賢：《卜筮正宗》，【台】福地出版，2002
吳國誌：《重編卜筮正宗》，【台】如意堂書店，2003
鄭景峰：《最新標點卜筮正宗》，【台】武陵出版有限公司，2004
王洪緒：《增補卜筮正宗》，【台】竹林印書局，2004
孫正治：《卜筮正宗》，中醫古籍出版社，2012
閔兆才：《易林補遺附卜筮正宗》，華齡出版社，2017

郭南山：《古本校註卜筮正宗》，【美】南方出版社，2018
王洪緒：《永寧通書》，鳳梧樓家刻本，清康熙五十年，1711
王維德：《永寧通書》，掃葉山房，清光緒三十年，1904
王維德：《詳圖永寧通書》，錦章圖書局，約清光緒年間
王維德：《精校永寧通書》，廣益書局，約清光緒年間
王維德：《林屋民風》，鳳梧樓家刻本，清康熙五十二年，1713
侯鵬：《林屋民風》（外三種），上海古籍出版社，2018
王維德：《外科證治全生》，疑爲鳳梧樓家刻本，疑爲清乾隆五年，1740
孟然：《外科證治全生（點校本）》，人民衛生出版社，1989
夏羽秋：《外科症治全生集》，中國中醫藥出版社，1999
胡曉峰：《外科證治全生集》，人民衛生出版社，2006

二、易學

張世寶：《易林補遺》，出版商不詳，明萬曆年間
汪之顯：《新刻元龜會解斷易神書》，喬山堂劉龍田，明萬曆年間
繆希雍：《葬經翼》，出版商不詳，約明天啟年間
姚際隆：《卜筮全書》，談易齋，明崇禎年間

姚際隆：《卜筮全書》，闡易齋，明崇禎年間
程良玉：《易冒》，出版商不詳，清康熙三年，1664
《卜筮全書》，欽定古今圖書集成，清雍正年間
來知德：《周易集註》，欽定四庫全書經部，清乾隆年間
《欽定協紀辨方書》，欽定四庫全書子部，清乾隆年間
萬民英：《星學大成》，欽定四庫全書子部，清乾隆年間
萬民英：《三命通會》，欽定四庫全書子部，清乾隆年間
何溥：《靈城精義》，欽定四庫全書子部，清乾隆年間
吳元音：《葬經箋註》，出版商不詳，約清乾隆年間
孔穎達：《周易正義》，出版商不詳，約清嘉慶年間
《選擇紀要》，出版商不詳，約清同治年間
曹九錫：《易隱》，出版商不詳，約民國早期
趙廷棟：《校正增圖地理五訣》，上海進步書局，約民國早期
徐升：《增補淵海子平音義評註》，奉天章福記書局，約民國三十年代
尚秉和：《周易古筮考》，出版商不詳，民國年間
《斷易天機》，萃英書局，1928
廖冀亨：《子平四言集腋》，出版商不詳，1937

蔣一彪：《古文參同契集解》，商務印書館，1939
高亨：《周易古經今注》，中華書局，1957
高亨：《周易大傳今注》，齊魯書社，1980
孫振聲：《白話易經》，【台】星光出版社，1984
平原子：《天心正宗》，青海人民出版社，1993
鄭景峰：《最新標註易隱》，【台】大孚書局，2000
徐善繼：《重刊人子須知資考地理心學統宗》，故宮珍本叢刊，海南出版社，2000
萬樹華：《入地眼全書》，故宮珍本叢刊，海南出版社，2000
田希玉：《雪心賦直解》，故宮珍本叢刊，海南出版社，2000
劉還月：《台灣黃曆完全解秘》，【台】常民文化事業股份有限公司，2003
趙子澤：《黃金策導讀》，【港】聚賢館文化有限公司，2008
張星元：《易林補遺註解》，【台】集文書局有限公司，2010
李凡丁（鼎升）：《全本校註增刪卜易》，【港】心一堂有限公司，2015
《新鍥纂集諸家全書大成斷易天機》，閩書林鄭雲齋，年代不詳
《王禪老祖鬼谷先生考鬼曆》，抄本，年代不詳
《卜易秘訣海底眼》，怡然齋藏版，抄本，年代不詳

三、史書

李燾：《續資治通鑑長編》，欽定四庫全書史部，清乾隆年間
柯紹忞：《新元史》，開明書店，1935
司馬遷：《史記》，中華書局，1963
班固：《漢書》，中華書局，1964
陳壽：《三國志》，中華書局，1964
畢沅：《續資治通鑑》，中華書局，1964
姚思廉：《陳書》，中華書局，1972
范曄：《後漢書》，中華書局，1973
房玄齡：《晉書》，中華書局，1974
沈約：《宋書》，中華書局，1974
魏收：《魏書》，中華書局，1974
張廷玉：《明史》，中華書局，1974
李延壽：《南史》，中華書局，1975
劉昫：《舊唐書》，中華書局，1975
歐陽修、宋祁：《新唐書》，中華書局，1975
脫脫：《金史》，中華書局，1975

薛居正：《舊五代史》，中華書局，1976
宋濂：《元史》，中華書局，1976
司馬光：《資治通鑑》，中華書局，1976
脫脫：《宋史》，中華書局，1977
趙爾巽：《清史稿》，中華書局，1977
魏徵：《隋書》，中華書局，1982
台灣六十教授：《白話史記》，嶽麓書社，1987

四、方志

《崇禎嘉興縣志》，明崇禎年間
《乾隆寧波府志》，清乾隆六年，1741
《大清一統志》，清乾隆九年，1744
《乾隆湖南通志》，清乾隆年間
《乾隆長沙府志》，清乾隆年間
《浙江通志》，欽定四庫全書史部，清乾隆年間
《湖廣通志》，欽定四庫全書史部，清乾隆年間
《嘉慶西安縣志》，清嘉慶十六年，1811

《嘉慶松江府志》，清嘉慶年間

《道光太康縣誌》，清道光年間

《同治蘇州府志》，清同治年間

《咸豐青州府志》，清咸豐九年，1859

《光緒湘潭縣志》，清光緒十五年，1889

《光緒善化縣志》，清光緒年間

《光緒漳州府志》，清光绪年间

《民國吳縣志》，1933

《清朝通志》，商務印書館，1935

《民國崇明縣志》，1936

《民國永定縣志》，1943

《吳縣志》，上海古籍出版社，1994

《中國地方志民俗資料彙編·華東卷》，書目文獻出版社，1995

董耀會：《秦皇島歷代志書校注》，中國審計出版社，2001

蘇州市吳中區西山鎮志編纂委員會：《西山鎮志》，蘇州大學出版社，2001

《漳浦縣志》，漳浦縣政協文史資料徵集研究委員會，2004

《朱涇志·干巷志·寒圩志·重輯張堰志》，上海社會科學院出版社，2005

五、其它

《大明律釋義》，明洪武三十年，1397

田藝蘅：《詩女史》，出版商不詳，明嘉靖年間

《船政》，南京兵部車駕司，明嘉靖年間

何良俊：《世說新語補》，出版商不詳，約明嘉靖年間

郎瑛：《七修類稿》，出版商不詳，約明嘉靖年間

《居家必用事類全集》，出版商不詳，明隆慶二年，1567

蔣仲舒：《堯山堂外紀》，出版商不詳，明萬曆年間

郝敬：《毛詩序說》，京山郝氏刊本，明天啟年間

馮夢龍：《新列國志》，金閶葉敬池，明崇禎年間

紫陽道人：《續金瓶梅後集》，出版商不詳，清順治十七年，1660

《東坡詩話》，出版商不詳，約清順治至清康熙年間

朱純嘏：《痘疹定論》，出版商不詳，清康熙五十二年，1713

陳復正：《鼎鍥幼幼集成》，出版商不詳，清乾隆十五年，1750

馬端臨：《文獻通考》，欽定四庫全書史部，清乾隆年間

《欽定續文獻通考》，欽定四庫全書史部，清乾隆年間

吳均：《續齊諧記》，欽定四庫全書子部，清乾隆年間

李時珍：《本草綱目》，欽定四庫全書子部，清乾隆年間
張介賓：《景岳全書》，欽定四庫全書子部，清乾隆年間
王肯堂：《證治準繩》，欽定四庫全書子部，清乾隆年間
徐謙：《仁端錄》，欽定四庫全書子部，清乾隆年間
《黃帝內經·素問》，欽定四庫全書子部，清乾隆年間
《黃帝內經·靈樞經》，欽定四庫全書子部，清乾隆年間
李昉：《太平御覽》，欽定四庫全書子部，清乾隆年間
李昉：《太平廣記》，欽定四庫全書子部，清乾隆年間
干寶：《搜神記》，欽定四庫全書子部，清乾隆年間
王仁裕：《開元天寶遺事》，欽定四庫全書子部，清乾隆年間
趙曄：《吳越春秋》，欽定四庫全書薈要史部，清乾隆年間
管仲：《管子》，欽定四庫全書薈要子部，清乾隆年間
段成式：《酉陽雜俎》，欽定四庫全書薈要子部，清乾隆年間
蘇軾：《東坡全集》，欽定四庫全書薈要集部，清乾隆年間
白居易：《白氏長慶集》，欽定四庫全書薈要集部，清乾隆年間
陳鵬年：《道榮堂文集》，出版商不詳，清乾隆年間
金友理：《太湖備考》，出版商不詳，約清乾隆年間

陳士元：《論語類考》，湖海樓，清嘉慶二十四年，1819
張岱：《夜航船》，觀術齋鈔本，清嘉慶年間
李復言：《續幽怪錄》，臨安府太廟前尹家書籍鋪，清嘉慶年間
陳耕道：《疫痧草》，出版商不詳，約清嘉慶年間
顧祿：《清嘉錄》，出版商不詳，清道光年間
道場山人：《西吳蠶略》，出版商不詳，約清道光年間
唐祖价：《陳恪勤公年譜》，約清道光年間
王士雄：《歸硯錄》，歸硯草房，清咸豐九年，1859
毛亨：《毛詩故訓傳》，五雲堂，清同治十一年，1872
劉基：《郁離子》，崇文書局，清光緒元年，1875
王韜：《瀛壖雜志》，出版商不詳，清光緒元年，1875
葛元煦：《滬遊雜記》，嘯園藏板，清光緒二年，1876
張溥：《陳後主集》，信述堂，清光緒五年，1879
錢儀吉：《碑傳集》，江蘇書局，清光緒十九年，1893
徐士鑾：《宋艷》，出版商不詳，清光緒年間
劉清藜：《蠶桑備要》，出版商不詳，約清光緒年間
汪曰楨：《湖蠶述》，出版商不詳，約清光緒年間

《言文對照幼學瓊林讀本》，廣益書局，約清光緒年間
《洞庭王氏家譜》，清宣統三年，1911
《嘉定廖氏宗譜》，約民國初年
《新測蘇州城廂明細全圖》，蘇州圖書總匯處，1914
范甯：《春秋穀梁傳》，四部叢刊經部，商務印書館，約1922
梁啟超：《清代學術概論》，商務印書館，1924
唐敬杲：《韓非子》，商務印書館，1926
葉紹鈞：《荀子》，商務印書館，1928
關維震：《養蠶法》，商務印書館，1929
徐光啟：《農政全書》，商務印書館，1930
永瑢：《四庫全書總目提要》，商務印書館，1931
胡翼雲：《新式標點蘇批孟子》，上海坤元堂，1932
王先謙：《莊子集解》，商務印書館，1933
周伯棣：《中國貨幣史綱》，中華書局，1934
朱鑑、朱太忙：《朱淑真斷腸詩詞》，大達圖書供應社，1935
洪亮吉：《北江詩話》，商務印書館，1935
袁宏道：《袁中郎遊記全稿》，中央書局，1935

劉義慶：《世說新語》，商務印書館，1935
朱熹：《四書章句集注》，商務印書館，1935
《柳南隨筆及其他一種》，商務印書館，1936
《蠶書及其他二種》，商務印書館，1936
李超孫：《詩氏族考》，商務印書館，1936
《白虎通及其他一種》，商務印書館，1936
張岱：《西湖夢尋》，上海雜誌公司，1936
王禎：《農書》，商務印書館，1937
支偉成：《莊子校釋》，泰東圖書局，1937
駱賓王：《駱丞集》，商務印書館，1937
王照圓：《列女傳補註》，商務印書館，1938
魏泰：《東軒筆錄》，商務印書館，1939
周君達：《徽欽北徙錄》（《南燼餘聞》），國民書店，1941
魯迅：《古小說鉤沈》，魯迅全集出版社，1941
齊佩瑢：《中國文字學概要》，國立華北編譯館，1942
茅盾：《春蠶》，藝文出版社，1943
梁寬、莊適：《左傳》，商務印書館，1947

《分類詳解大學中庸讀本》，世界書局，1947
陳柱：《老子》，商務印書館，1947
《新刊大宋宣和遺事》，中國古典文學出版社，1954
趙翼：《陔餘叢考》，商務印書館，1957
南卓、段安節、王灼：《羯鼓錄・樂府雜錄・碧雞漫志》，古典文學出版社，1957
王定保：《唐摭言》，古典文學出版社，1957
王伯祥：《春秋左傳讀本》，中華書局，1957
李佩鈞：《中國歷史中西曆對照年表》，雲南人民出版社，1957
李濬、蘇鶚、馮翊：《松窻雜錄・杜陽雜編・桂苑叢談》，中華書局，1958
楊伯峻：《論語譯注》，古籍出版社，1958
齊思和等：《中外歷史年表》，生活・讀書・新知三聯書店，1958
柯丹邱：《荊釵記》，中華書局，1959
孫殿起：《販書偶記》，中華書局，1959
阿英：《晚清文學叢鈔・小說戲曲研究卷》，中華書局，1960
《臺灣私法人事編》，【台】臺灣銀行，1961
楊伯峻：《孟子譯注》，中華書局，1962
曹操等：《十一家注孫子》，中華書局，1962

毛春翔：《古書版本常談》，中華書局，1962

趙翼：《廿二史劄記》，中華書局，1963

蕭統：《文選》，中華書局，1977

王夢鷗：《禮記今註今譯》，【台】商務印書館，1978

萬國鼎：《中國歷史紀年表》，中華書局，1978

仇兆鰲：《杜詩詳註》，中華書局，1979

李肇、趙璘：《唐國史補·因話錄》，上海古籍出版社，1979

毛子水：《論語今註今譯》，【台】商務印書館，1979

林尹：《周禮今註今譯》，【台】商務印書館，1979

王世舜：《尚書譯註》，山東師範學院聊城分院中文系古典文學教研室，1979

錢泳：《履園叢話》，中華書局，1979

陸游：《老學庵筆記》，中華書局，1979

干寶：《搜神記》，中華書局，1980

楊恩壽：《詞餘叢話》，安徽人民出版社，1981

臧勵和等：《中國古今地名大辭典》，商務印書館香港分館，1982

陳子展：《詩經直解》，復旦大學出版社，1983

羅大經：《鶴林玉露》，中華書局，1983

白書齋：《白居易家譜》，中國旅遊出版社，1983
文瑩：《湘山野錄‧續錄‧玉壺清話》，中華書局，1984
王德昭：《清代科舉制度研究》，中華書局，1984
上海通社：《上海研究資料》，上海書店，1984
黃本驥：《歷代職官表》，上海古籍出版社，1984
胡樸安：《古書校讀法》，江蘇古籍出版社，1985
袁梅：《詩經譯注》，齊魯書社，1985
陸德明：《經典釋文》，上海古籍出版社，1985
張璋、黃畬：《朱淑真集》，上海古籍出版社，1986
洪亮吉：《春秋左傳詁》，中華書局，1987
蔣猷龍：《湖蠶述註釋》，農業出版社，1987
內藤乾吉：《六部成語註解》，浙江古籍出版社，1987
王道成：《科舉史話》，中華書局，1988
潘重規：《龍龕手鑑新編》，中華書局，1988
《中醫人物詞典》，上海辭書出版社，1988
鄭傳寅、張健：《中國民俗辭典》，湖北辭書出版社，1988
左言東、陳嘉炎：《古代官制縱橫談》，新華出版社，1989

《吳縣歷史名人》，吳縣政協文史資料委員會，1990
朱一玄等：《聊齋誌異辭典》，天津古籍出版社，1991
馮其庸、李希凡：《紅樓夢大辭典》，文化藝術出版社，1991
陳永正等：《中國方術大辭典》，中山大學出版社，1991
何時希：《中國歷代醫家傳錄》，人民衛生出版社，1991
邱樹森：《中國歷代職官辭典》，江西教育出版社，1991
朱之瑜：《朱舜水全集》，中國書店，1991
凌濛初：《拍案驚奇》，海南出版社，1992
薛理勇：《上海灘地名掌故》，同濟大學出版社，1994
李鵬年等：《清代六部成語詞典》，天津人民出版社，1994
中國道教協會、蘇州道教協會：《道教大辭典》，華夏出版社，1994
胡孚琛：《中華道教大辭典》，中國社會科學出版社，1995
顧靜：《中國歷代紀年手册》，上海古籍出版社，1995
李經緯、鄧鐵濤等：《中醫大辭典》，人民衛生出版社，1995
羅竹風等：《漢語大詞典》，漢語大詞典出版社，1997
秦國經：《清代官員履歷檔案全編》，華東師範大學出版社，1997
侯福興：《中國歷代狀元傳略》，中國人事出版社，1998

《辭源》（修訂本），商務印書館，1998
冷玉龍、韋一心：《中華字海》，中國友誼出版公司，2000
趙德義、汪興明：《中國歷代官稱辭典》，團結出版社，2000
陳垣：《校勘學釋例》，中華書局，2004
張舜徽：《中國古代史籍校讀法》，雲南人民出版社，2004
《新華字典》（大字本），商務印書館，2004
李澤厚：《論語今讀》，生活·讀書·新知三聯書店，2005
宮田一郎、石汝傑：《明清吳語詞典》，上海辭書出版社，2005
江慶柏：《清代人物生卒年表》，人民文學出版社，2005
《中國古代二十四孝全圖》，文青齋，2005
柏楊：《中國歷史年表》，海南出版社，2006
南京中醫藥大學：《中藥大辭典》，上海科學技術出版社，2006
許惟賢：《說文解字注》，鳳凰出版社，2007
薛清錄：《中國中醫古籍總目》，上海辭書出版社，2007
《中國大百科全書》，中國大百科全書出版社，2009
季旭昇：《新編東方國語辭典》，【台】東方出版社，2009
《新編國語日報辭典》，【台】國語日報社，2009

周何：《國語活用辭典》，【台】五南圖書出版股份有限公司，2009
方春陽：《中國歷代名醫碑傳集》，人民衛生出版社，2009
瞿冕良：《中國古籍版刻辭典（增訂本）》，蘇州大學出版社，2009
《黃帝內經素問譯釋》，上海科學技術出版社，2009
《黃帝內經靈樞譯釋》，上海科學技術出版社，2011
蘇培成：《怎樣使用標點符號（增訂本）》，北京出版社，2018
金庸：《笑傲江湖》，廣州出版社，2020

後記

學習易學預測，是自我探索的過程，一切所得，皆要向內求取。變化是永遠不變的，變化的規律又是簡單的，簡單到一念陰陽、簡單到這一念陰陽的千變萬化、簡單到恒常不變就是導致痛苦的顛倒夢想。

而任何一個人的人生，也都是不可逆的。人性是複雜多變的，人的行爲受不同觀念的影響會隨時產生變化，任何一個時代的易學預測研究者，研究的都是如何把陰陽與千變萬化的不可逆聯繫起來。

能知萬物備於我，肯把三才別立根。若能了達陰陽理，天地都來一掌中。

我們的祖先，用天人合一作橋樑，把「不可度量的人類主觀感受」與「可度量的客觀物質世界」統一了起來，統一成了形而上的道與形而下的器，統一成了以道御器、以變御變，繼而再用象來模擬千變萬化的不可逆。

天垂象以示，不以數推，以象之謂也，這是橫亙古今的大智慧。

象外無易，知常達變，臨證察機，這是學習易學預測的不二法門。

「學招時要活學，使招時要活使。倘若拘泥不化，便練熟了幾千萬手絕招，遇上了真正高手，終究還是給人家破得乾乾淨淨。」「一切須當順其自然。行乎其不得不行，止乎其不得不止，倘若串不成一起，也就罷了，總之不可有半點勉強。」金庸先生《笑傲江湖》中，劍術無敵的風清揚如是說。

公元2022年12月

李凡丁（鼎升）於山西太原城西水系抱月湖畔

電子信箱：441352211@qq.com

微信號：dingsheng2991

微信公眾號：增删卜易(ID:zengshanbuyi)

新浪微博：@鼎升

編號	書名	作者	說明
占筮類			
1	擲地金聲搜精秘訣	心一堂編	沈氏研易樓藏稀見易占秘鈔本
2	卜易拆字秘傳百日通	心一堂編	
3	易占陽宅六十四卦秘斷	心一堂編	火珠林占陽宅風水秘鈔本
星命類			
4	斗數宣微	【民國】王裁珊	民初最重要斗數著述之一；未刪改本
5	斗數觀測錄	【民國】王裁珊	失傳民初斗數重要著作
6	《地星會源》《斗數綱要》合刊	心一堂編	失傳的第三種飛星斗數
7	《斗數秘鈔》《紫微斗數之捷徑》合刊	心一堂編	珍稀「紫微斗數」舊鈔
8	斗數演例	心一堂編	秘本
9	紫微斗數全書（清初刻原本）	題【宋】陳希夷	斗數全書本來面目；有別於錯誤極多的坊本
10-12	鐵板神數（清刻足本）——附秘鈔密碼表	題【宋】邵雍	無錯漏原版 秘鈔密碼表 首次公開！
13-15	蠢子數纏度	題【宋】邵雍	蠢子數連密碼表 打破數百年秘傳 首次公開！
16-19	皇極數	題【宋】邵雍	清鈔孤本附起例及完整密碼表 研究神數必讀！
20-21	邵夫子先天神數	題【宋】邵雍	附手鈔密碼表 研究神數必讀！
22	八刻分經定數（密碼表）	題【宋】邵雍	皇極數另一版本；附手鈔密碼表
23	新命理探原	【民國】袁樹珊	子平命理必讀教科書！
24-25	袁氏命譜	【民國】袁樹珊	
26	韋氏命學講義	【民國】韋千里	民初二大命理家南袁北韋
27	千里命稿	【民國】韋千里	
28	精選命理約言	【民國】韋千里	北韋之命理經典
29	滴天髓闡微——附李雨田命理初學捷徑	【民國】袁樹珊、李雨田	命理經典未刪改足本
30	段氏白話命學綱要	【民國】段方	民初命理經典最淺白易懂
31	命理用神精華	【民國】王心田	學命理者之寶鏡

編號	書名	作者	備註
32	命學探驪集	【民國】張巢雲	
33	澹園命談	【民國】高澹園	發前人所未發
34	算命一讀通——鴻福齊天	【民國】不空居士、覺先居士合纂	稀見民初子平命理著作
35	子平玄理	【民國】施惕君	
36	星命風水秘傳百日通	心一堂編	
37	命理大四字金前定	題【晉】鬼谷子王詡	源自元代算命術
38	命理斷語義理源深	心一堂編	稀見清代批命斷語及活套
39－40	文武星案	【明】陸位	失傳四百年《張果星宗》姊妹篇　千多星盤命例　研究命學必備
相術類			
41	新相人學講義	【民國】楊叔和	失傳民初白話文相術書
42	手相學淺說	【民國】黃龍	民初中西結合手相學經典
43	大清相法	心一堂編	重現失傳經典相書
44	相法易知	心一堂編	
45	相法秘傳百日通	心一堂編	
堪輿類			
46	靈城精義箋	【清】沈竹礽	沈氏玄空遺珍　玄空風水必讀
47	地理辨正抉要	【清】沈竹礽	
48	《玄空古義四種通釋》《地理疑義答問》合刊	沈瓞民	
49	《沈氏玄空吹虀室雜存》《玄空捷訣》合刊	【民國】申聽禪	
50	漢鏡齋堪輿小識	【民國】查國珍、沈瓞民	失傳已久的無常派玄空經典
51	堪輿一覽	【清】孫竹田	
52	章仲山挨星秘訣（修定版）	【清】章仲山	章仲山無常派玄空珍秘　門內秘本首次公開　沈竹礽等大師尋覓一生未得之珍本！
53	臨穴指南	【清】章仲山	
54	章仲山宅案附無常派玄空秘要	心一堂編	
55	地理辨正補	【清】朱小鶴	玄空六派蘇州派代表作
56	陽宅覺元氏新書	【清】元祝垚	簡易・有效・神驗之玄空陽宅法
57	地學鐵骨秘　附　吳師青藏命理大易數	【民國】吳師青	釋玄空廣東派地學之秘
58－61	四秘全書十二種（清刻原本）	【清】尹一勺	玄空湘楚派經典本來面目　有別於錯誤極多的坊本

編號	書名	作者	備註
62	地理辨正補註　附 元空秘旨　天元五歌　玄空精髓　心法秘訣等數種合刊	【民國】胡仲言	貫通易理、巒頭、三元、三合、天星、中醫
63	地理辨正自解	【清】李思白	公開玄空家「分率尺、工部尺、量天尺」之秘
64	許氏地理辨正釋義	【民國】許錦灝	民國易學名家黃元炳力薦
65	地理辨正天玉經內傳要訣圖解	【清】程懷榮	秘訣一語道破，圖文并茂
66	謝氏地理書	【民國】謝復	玄空體用兼備、深入淺出
67	論山水元運易理斷驗、三元氣運說附紫白訣等五種合刊	【宋】吳景鸞等	失傳古本《玄空秘旨》《紫白訣》
68	星卦奧義圖訣	【清】施安仁	三元玄空門內秘笈　清鈔孤本 過去均為必須守秘不能公開秘密 與今天流行飛星法不同
69	三元地學秘傳	【清】何文源	
70	三元玄空挨星四十八局圖說	心一堂編	
71	三元挨星秘訣仙傳	心一堂編	
72	三元地理正傳	心一堂編	
73	三元天心正運	心一堂編	
74	元空紫白陽宅秘旨	心一堂編	
75	玄空挨星秘圖　附 堪輿指迷	心一堂編	
76	姚氏地理辨正圖說　附 地理九星并挨星真訣全圖　秘傳河圖精義等數種合刊	【清】姚文田等	蓮池心法　玄空六法 門內秘鈔本首次公開
77	元空法鑑批點本——附 法鑑口授訣要、秘傳玄空三鑑奧義匯鈔　合刊	【清】曾懷玉等	
78	元空法鑑心法	【清】曾懷玉等	
79	曾懷玉增批蔣徒傳天玉經補註【新修訂版原（彩）色本】	【清】項木林、曾懷玉	揭開連城派風水之秘
80	地理學新義	【民國】俞仁宇撰	
81	地理辨正揭隱（足本）　附連城派秘鈔口訣	【民國】王邈達	
82	趙連城傳地理秘訣附雪庵和尚字字金	【明】趙連城	
83	趙連城秘傳楊公地理真訣	【明】趙連城	
84	地理法門全書	仗溪子、芝罘子	巒頭風水，內容簡核、深入淺出
85	地理方外別傳	【清】熙齋上人	巒頭形勢、「望氣」「鑑神」
86	地理輯要	【清】余鵬	集地理經典之精要
87	地理秘珍	【清】錫九氏	巒頭、三合天星，圖文並茂
88	《羅經舉要》附《附三合天機秘訣》	【清】賈長吉	清鈔孤本羅經、三合訣法圖解
89-90	嚴陵張九儀增釋地理琢玉斧巒	【清】張九儀	清初三合風水名家張九儀經典清刻原本！

編號	書名	作者	備註
91	地學形勢摘要	心一堂編	形家秘鈔珍本
92	《平洋地理入門》《巒頭圖解》合刊	【清】盧崇台	平洋水法、形家秘本
93	《鑒水極玄經》《秘授水法》合刊	【唐】司馬頭陀、【清】鮑湘襟	千古之秘，不可妄傳匪人
94	平洋地理闡秘	心一堂編	雲間三元平洋形法秘鈔珍本
95	地經圖說	【清】余九皋	形勢理氣、精繪圖文
96	司馬頭陀地鉗	【唐】司馬頭陀	流傳極稀《地鉗》
97	欽天監地理醒世切要辨論	【清】欽天監	公開清代皇室御用風水真本
三式類			
98-99	大六壬尋源二種	【清】張純照	六壬入門、占課指南
100	六壬教科六壬鑰	【民國】蔣問天	由淺入深，首尾悉備
101	壬課總訣	心一堂編	過去術家不外傳的珍稀六壬術秘鈔本
102	六壬秘斷	心一堂編	
103	大六壬類闡	心一堂編	
104	六壬秘笈——韋千里占卜講義	【民國】韋千里	六壬入門必備
105	壬學述古	【民國】曹仁麟	依法占之，「無不神驗」
106	奇門揭要	心一堂編	集「法奇門」、「術奇門」精要
107	奇門行軍要略	【清】劉文瀾	條理清晰、簡明易用
108	奇門大宗直旨	劉毗	天下孤本　首次公開
109	奇門三奇干支神應	馮繼明	虛白盧藏本《秘藏遁甲天機》
110	奇門仙機	題【漢】張子房	奇門不傳之秘　應驗如神
111	奇門心法秘纂	題【漢】韓信（淮陰侯）	
112	奇門廬中闡秘	題【三國】諸葛武侯註	
選擇類			
113-114	儀度六壬選日要訣	【清】張九儀	清初三合風水名家張九儀擇日秘傳
115	天元選擇辨正	【清】一園主人	釋蔣大鴻天元選擇法
其他類			
116	述卜筮星相學	【民國】袁樹珊	民初二大命理家南袁北韋
117-120	中國歷代卜人傳	【民國】袁樹珊	南袁之術數經典

編號	書名	作者	說明
占筮類			
121	卜易指南(二種)	【清】張孝宜	民國經典，補《增刪卜易》之不足
122	未來先知秘術——文王神課	【民國】張了凡	內容淺白、言簡意賅、條理分明
星命類			
123	人的運氣	汪季高(雙桐館主)	五六十年香港報章專欄結集！
124	命理尋源		
125	訂正滴天髓徵義		
126	滴天髓補註 附 子平一得	【民國】徐樂吾	民國三大子平命理家徐樂吾必讀經典！
127	窮通寶鑑評註 附 增補月談賦 四書子平		
128	古今名人命鑑		
129-130	紫微斗數捷覽(明刊孤本)[原(彩)色本] 附 點校本 (上)(下)	馮一、心一堂術數古籍整理編校小組 整理	明刊孤本 首次公開！
131	命學金聲	【民國】黃雲樵	民國名人八字、六壬奇門推命
132	命數叢譚	【民國】張雲溪	子平斗數共通、百多民國名人命例
133	定命錄	【民國】張一蟠	民國名人八十三命例詳細生平
134	《子平命術要訣》《知命篇》合刊	【民國】鄒文耀、【民國】胡仲言 撰	《子平命術要訣》科學命理；《知命篇》易理皇極、命理地理、奇門六壬互通
135	科學方式命理學	閻德潤博士	匯通八字、中醫、科學原理！
136	八字提要	韋千里	民國三大子平命理家韋千里必讀經典！
137	子平實驗錄	【民國】孟耐園	作者四十多年經驗 占卜奇靈 名震全國！
138	民國偉人星命錄	【民國】囂囂子	幾乎包括所民初總統及國務總理八字！
139	千里命鈔	韋千里	失傳民初三大命理家-韋千里 代表作
140	斗數命理新篇	張開卷	現代流行的「紫微斗數」內容及形式上深受本書影響
141	哲理電氣命數學——子平部	【民國】彭仕勛	命局按三等九級格局、不同術數互通借用
142	《人鑑——命理存驗·命理擷要》(原版足本)附《林庚白家傳》	【民國】林庚白	傳統子平學修正及革新、大量名人名例
143	《命學苑苑刊——新命》(第一集)附《名造評案》《名造類編》等	【民國】林庚白、張一蟠等撰	史上首個以「唯物史觀」來革新子平命學結集
相術類			
144	中西相人探原	【民國】袁樹珊	按人生百歲，所行部位，分類詳載
145	新相術	【美國】字拉克福原著、【民國】沈有乾編譯	通過觀察人的面相身形、色澤舉止等，得知性情、能力、習慣、優缺點等
146	骨相學	【民國】風萍生編著	結合醫學中生理及心理學，影響近代西、日、中相術深遠
147	人心觀破術 附運命與天稟	【日本】管原如庵、加藤孤雁原著，【民國】唐真如譯	觀破人心、運命與天稟的奧妙

編號	書名	作者	簡介
148	《人相學之新研究》《看相偶述》合刊	盧毅安	集中外大成，無不奇驗；影響近代香港相術名著
149	冰鑑集	【民國】碧湖鷗客	各家相法精華、相術捷徑、圖文並茂附名人照片
150	《現代人相百面觀》《相人新法》合刊	【民國】吳道子輯	失傳民初相學經典二種　重現人間！
151	性相論	【民國】余晉龢	民初北平公安局專論相學與犯罪專著（犯罪學生物學派）
152	《相法講義》《相理秘旨》合刊	韋千里、孟瘦梅	命理學大家韋千里經典、傳統相術秘籍精華
153	《掌形哲學》附《世界名人掌形》《小傳》	【民國】余萍客	圖文并茂、附歐美名人掌形圖及生平簡介
154	觀察術	【民國】吳貴長	可補充傳統相術之不足
堪輿類			
155	羅經消納正宗	【明】沈昇撰、【明】史自成、丁孟章合纂	失傳四庫存目珍稀風水古籍
156	風水正原	【清】余天藻	●積德為求地之本，形家必讀！ ●純宗形家，與清代欽天監地理風水主張大致相同
157	安溪地話（風水正原二集）	【清】余天藻	●積德為求地之本，形家必讀！ ●純宗形家，與清代欽天監地理風水主張大致相同
158	《蔣子挨星圖》附《玉鑰匙》	傳【清】蔣大鴻等	窺知無常派章仲山一脈真傳奧秘
159	樓宇寶鑑	吳師青	陽宅風水必讀、現代城市樓宇風水看法改革
160	《香港山脈形勢論》《如何應用日景羅經》合刊	吳師青	香港風水山脈形勢專著
161	三元真諦稿本——讀地理辨正指南	【民國】王元極	被譽為蔣大鴻、章仲山後第一人內容直接了當，盡揭三元玄空家之秘
162	三元陽宅萃篇	【民國】王元極	被譽為蔣大鴻、章仲山後第一人內容直接了當，盡揭三元玄空家之秘
163	王元極增批地理冰海　附批點原本地理冰海	【清】高守中　【民國】王元極	
164	地理辨正發微	【清】唐南雅	極之清楚明白，披肝露膽
165－167	增廣沈氏玄空學　附　仲山宅斷秘繪稿本三種、自得齋地理叢說稿鈔本（上）（中）（下）	【清】沈竹礽	玄空必讀經典！附《仲山宅斷》幾種鈔本及批點本，畫龍點睛、披肝露膽，道中刊印本未點破的秘訣
168－169	巒頭指迷（上）（下）	【清】尹貞夫原著、【民國】何廷珊增訂、批注	圖文并茂：龍、砂、穴、水、星辰九十九變 洩漏天機：蔣大鴻、賴布衣挨星秘訣及用法
170－171	三元地理真傳（兩種）（上）（下）	【清】趙文鳴	蔣大鴻嫡派真傳張仲馨一脈二十種家傳秘本、宅墓案例三十八圖，並附天星擇日
172	三元宅墓圖　附　家傳秘冊	【清】趙文鳴	蔣大鴻嫡派真傳張仲馨一脈二十種家傳秘本、宅墓案例三十八圖，並附天星擇日
173	宅運撮要	【民國】尤惜陰（演本法師）、榮柏雲	撮三集《宅運新案》之精要
174	章仲山秘傳玄空斷驗筆記　附　章仲山斷宅圖註	【清】章仲山傳、【清】唐鷺亭纂	無常派玄空不外傳秘中秘！二宅實例有斷驗及改造內容
175	汪氏地理辨正發微　附　地理辨正真本	【清】蔣大鴻、姜垚原著、【清】汪云吾發微	
176	蔣大鴻家傳歸厚錄汪氏圖解	【清】蔣大鴻、【清】汪云吾圖解	蔣大鴻嫡派張仲馨一脈三元理、法、訣具體泄露
177	蔣大鴻嫡傳三元地理秘書十一種批注	【清】蔣大鴻原著、【清】汪云吾、【清】劉樂山註	三百年來最佳《地理辨正》註解！石破天驚！

178	《星氣(卦)通義(蔣大鴻秘本四十八局圖并打劫法)》《天驚秘訣》合刊	題【清】蔣大鴻 著	江西興國真傳三元風水秘本
179	蔣大鴻嫡傳天心相宅秘訣全圖附陽宅指南等秘書五種	【清】蔣大鴻編訂、【清】汪云吾、劉樂山註	蔣大鴻徒張仲馨秘傳陽宅風水「教科書」！
180	家傳三元地理秘書十三種		真天宮之秘 千金不易之寶
181	章仲山門內秘傳《堪輿奇書》附《天心正運》	【清】章仲山傳、【清】華湛恩	直洩無常派章仲山玄空風水不傳之秘
182	《挨星金口訣》、《王元極增批補圖七十二葬法訂本》合刊	[民國]王元極	秘中秘——玄空挨星真訣公開！字字千金！
183-184	《家傳三元古今名墓圖集附謝氏水鉗》《蔣氏三元名墓圖集》合刊(上)(下)	(清)孫景堂，劉樂山，張稼夫	蔣大鴻嫡傳風水宅案、幕講師、蔣大鴻、姜垚等名家多個實例，破禁公開！
185-186	《山洋指迷》足本兩種 附《尋龍歌》(上)(下)	【明】周景一	風水巒頭形家必讀《山洋指迷》足本！
187-196	蔣大鴻嫡傳水龍經注解 附 虛白廬藏珍本水龍經四種(1-10)	【清】蔣大鴻編訂、【清】楊臥雲、汪云吾、劉樂山註	蔣大鴻嫡傳一脈授徒秘笈 希世之寶 千年以來，師師相授之秘旨，破禁公開！ 完整了解蔣氏嫡派真傳一脈三元理、法、訣！ 附已知最古《水龍經》鈔本等五種稀見《水龍經》
197	批注地理辨正直解	【清】章仲山	無常派玄空必讀經典未刪改本！
198	《天元五歌闡義》附《元空秘旨》(清刻原本)		
199	心眼指要(清刻原本)		
200	華氏天心正運	【清】華湛恩	
201-202	批注地理辨正再辨直解合編(上)(下)	【清】蔣大鴻原著、【清】姚銘三再註、【清】章仲山直解	失傳姚銘三玄空經典重現人間！ 名家：沈竹礽、王元極推薦！
203	章仲山注《玄機賦》《元空秘旨》附《口訣中秘訣》《因象求義》等九種合刊	【清】章仲山	近三百年來首次公開！ 章仲山無常派玄空秘密，和盤托出！ 章仲山注《玄機賦》及章仲山原傳之口訣及筆記
204	章仲山門內真傳《三元九運挨星篇》《運用篇》《挨星定局篇》《口訣篇》等合刊	【清】章仲山、柯遠峰等	
205	章仲山門內真傳《大玄空秘圖訣》《天驚訣》《飛星要訣》《九星斷略》《得益錄》等合刊	【清】章仲山、冬園子等	
206	撼龍經真義	吳師青註	近代香港名家吳師青必讀經典
207	章仲山嫡傳《翻卦挨星圖》《秘鈔元空秘旨》 附《秘鈔天元五歌闡義》	【清】章仲山傳、【清】王介如輯撰	透露章仲山家傳玄空嫡傳學習次弟及關鍵不傳之秘
208	章仲山嫡傳秘鈔《秘圖》《節錄心眼指要》合刊		
209	《談氏三元地理大玄空實驗》附《談養吾秘稿奇門占驗》	【民國】談養吾撰	史上首次公開「無常派」下卦起星等挨星秘密之書
210	《談氏三元地理濟世淺言》附《打開一條生路》		了解談氏入世的易學卦德爻象思想
211-215	《地理辨正集註》附《六法金鎖秘》《巒頭指迷真詮》《作法雜綴》等(1-5)	【清】尋緣居士	集《地理辨正》一百零八家註解大成精華 匯巒頭及蔣氏、六法、無常、湘楚等秘本 史上最大篇幅的《地理辨正》註解
216	三元大玄空地理二宅實驗(足本修正版)	【民國】尤惜陰(演本法師)、榮柏雲撰	三元玄空無常派必讀經典足本修正版

編號	書名	作者	簡介
217	蔣徒呂相烈傳《幕講度針》附《元空秘斷》《陰陽法竅》《挨星作用》	【清】呂相烈	蔣大鴻門人呂相烈三元秘本三百年來首次破禁公開！
218	挨星撮要（蔣徒呂相烈傳）		
219-221	《沈氏玄空挨星圖》《沈註章仲山宅斷未定稿》《沈氏玄空學（四卷原本）》合刊（上中下）	【清】沈竹礽 等	揭開沈氏玄空挨星五行吉凶斷的變化及不同用法 章仲山宅斷未刪本、沈氏玄空學原本佚文、玄空挨星圖稿鈔本 大公開！
222	地理穿透真傳（虛白廬藏清初刻原本）	【清】張九儀	三合天星家宗師張九儀畢生地學精華結集
223-224	地理元合會通二種（上）（下）	【清】姚炳奎	分發兩家（三元、三合）之秘，會通其用 詳解注羅盤（蔣盤、賴盤）；義理、斷驗俱精
其他類			
225	天運占星學 附 商業周期、股市粹言	吳師青	天星預測股市，神準經典
226	易元會運	馬翰如	《皇極經世》配卦以推演世運與國運
三式類			
227	大六壬指南（清初木刻五卷足本）		六壬學占驗課案必讀經典海內善本
228-229	甲遁真授秘集（批注本）（上）（下）	【清】薛鳳祚	明清皇家欽天監秘傳奇門遁甲 奇門、易經、皇極經世結合經典
230	奇門詮正	【民國】曹仁麟	簡易、明白、實用，無師自通！
231	大六壬探源	【民國】袁樹珊	民初三大命理家袁樹研究六壬四十餘年代表作
232	遁甲釋要	【民國】徐昂	推衍遁甲、易學、洛書九宮大義！
233	《六壬卦課》《河洛數釋》《演玄》合刊		疏理六壬、河洛數、太玄隱義！
234	六壬指南（【民國】黃企喬）	【民國】黃企喬	失傳經典 大量實例
選擇類			
235	王元極校補天元選擇辨正	原【清】謝少暉輯、【民國】王元極校補	三元地理天星選日必讀
236	王元極選擇辨真全書 附 秘鈔風水選擇訣	【民國】王元極	王元極天昌館選擇之要旨
237	蔣大鴻嫡傳天星選擇秘書注解三種	【清】蔣大鴻編訂、【清】楊臥雲、汪云吾、劉樂山註	蔣大鴻陰陽二宅天星擇日日課案例！
238	增補選吉探源	【民國】袁樹珊	按表檢查，按圖索驥：簡易、實用！
239	《八風考略》《九宮撰略》《九宮考辨》合刊	沈瓞民	會通沈氏玄空飛星立極、配卦深義
其他類			
240	《中國原子哲學》附《易世》《易命》	馬翰如	國運、世運的推演及預言

心一堂術數古籍整理叢刊

全本校註增刪卜易	【清】野鶴老人	李凡丁（鼎升）校註
紫微斗數捷覽（明刊孤本）附點校本	傳【宋】陳希夷	馮一、心一堂術數古籍整理小組點校
紫微斗數全書古訣辨正	傳【宋】陳希夷	潘國森辨正
應天歌（修訂版）附格物至言	【宋】郭程撰　傳	莊圓整理
壬竅	【清】無無野人小蘇郎逸	劉浩君校訂
奇門祕覈（臺藏本）	【元】佚名	李鏘濤、鄭同校訂
臨穴指南選註	【清】章仲山　原著	梁國誠選註
皇極經世真詮—國運與世運	【宋】邵雍　原著	李光浦
全本校註初刻卜筮正宗	【清】王洪緒　原著	李凡丁（鼎升）校註
學君平卜易存驗·管公明十三篇合刊	【清】華日新　撰	劉長海校訂

心一堂當代術數文庫

增刪卜易之六爻古今分析	愚人
命理學教材（第一級）	段子昱
命理學教材　之　五行論命口訣	段子昱
斗數詳批蔣介石	潘國森
潘國森斗數教程（一）：入門篇	潘國森
紫微斗數登堂心得：三星秘訣篇——潘國森斗數教程（二）	潘國森
紫微斗數不再玄	犂民
玄空風水心得（增訂版）（附流年催旺化煞秘訣）	李泗達
玄空風水心得（二）—沈氏玄空學研究心得（修訂版）附流年飛星佈局	李泗達
廖氏家傳玄命風水學（一）—基礎篇及玄關地命篇	廖民生
廖氏家傳玄命風水學（二）—玄空斗秘篇	廖民生

廖氏家傳玄命風水學（三）——楊公鎮山訣篇附斷驗及調風水	廖民生
廖氏家傳玄命風水學（四）——秘訣篇：些子訣、兩元挨星、擇吉等	廖民生
《象數易——六爻透視：入門及推斷》修訂版	愚人
《象數易——六爻透視：財股兩望》	愚人
《象數易——六爻透視：病在何方》	愚人
《象數易——六爻透視：自身揭秘》	愚人
命卜隨筆	林子傑
香港特首命格臆解——斗數子平合參再探	潘國森
玄空風水心得（三）——玄空基礎探微	李泗達
金庸命格淺析：斗數子平合參初探	潘國森
星河金銀秘解：《星宗》與《河洛理數·金鎖銀匙》用法秘解	李光浦
閒坐小窗讀周易	劉軼
七星術（正傳）——命理預測篇	黃煒祥
看明地理——形家巒頭傳針附劉基蔣大鴻等墓分析	黃煒祥

京氏易六親占法古籍校注系列（虎易校注整理）

《京氏易傳》校注

《易洞林》校注

《郭氏洞林》校注《周易洞林》校注合刊

《火珠林》校注

《增注周易神應六親百章海底眼》校注

《卜筮元龜》校注

《周易尚占》校注

《斷易天機》校注

《易林補遺》校注

《卜筮全書》校注

《易隱》校注

《易冒》校注

《增刪卜易》校注

《卜筮正宗》校注

《御定卜筮精蘊》校注

京氏易六親占法古籍著作辭典

心一堂 易學經典文庫 已出版及即將出版書目

宋本焦氏易林（上）（下）	【漢】焦贛
周易易解（原版）（上）（下）	【清】沈竹礽
《周易示兒錄》附《周易說餘》	【清】沈竹礽
三易新論（上）（中）（下）	沈瓞民
《周易孟氏學》《周易孟氏學遺補》《孟氏易傳授考》	沈瓞民
京氏易八卷（清《木犀軒叢書》刊本）	【漢】京房
京氏易傳古本五種	【漢】京房
京氏易傳箋註	【民國】徐昂
推易始末	【清】毛奇齡
刪訂來氏象數圖說	【清】張恩霨
周易卦變解八宮說	【清】吳灌先
易觸	【清】賀子翼
易義淺述	何遯翁

書名：全本校註初刻卜筮正宗
系列：心一堂易學術數古籍整理叢刊　鼎升校註系列
原著：王洪緒
校註：李凡丁（鼎升）
編輯：陳劍聰

出版：心一堂有限公司
通訊地址：香港九龍旺角彌敦道六一〇號荷李活商業中心十八樓〇五至〇六室
深港讀者服務中心：中國深圳市羅湖區立新路六號羅湖商業大厦負一層008室
電話號碼：(852) 90277110
網址：publish.sunyata.cc
電郵：sunyatabook@gmail.com
網店寶店地址：https://sunyata.taobao.com
微店地址：https://weidian.com/s/1212826297
臉書：https://www.facebook.com/sunyatabook
讀者論壇：http://bbs.sunyata.cc

版次：二零二四年四月二版（台版）

平裝　上中下冊不分售

定價：港幣　六百八十八元正
　　新台幣　二千八百八十元正

國際書號　978-988-8583-99-7

香港發行：聯合新零售（香港）有限公司
香港新界荃灣德士古道220-248號荃灣工業中心16樓
電話號碼：(852)2150-2100
電郵：info@suplogistics.com.hk

台灣發行：秀威資訊科技股份有限公司
地址：台灣台北市內湖區瑞光路七十六巷六十五號一樓
電話號碼：+886-2-2796-3638 傳真號碼：+886-2-2796-1377
網絡書店：www.bodbooks.com.tw
台灣國家書店讀者服務中心：
地址：台灣台北市中山區二〇九號一樓
電話號碼：+886-2-2518-0207
傳真號碼：+886-2-2518-0778
網址：www.govbooks.com.tw

心一堂微店二維碼

心一堂淘寶店二維碼